ざいごうもん

ノンキャリ事務官物語

素地文

文芸社

※本作品はフィクションであり、実在の人物・団体等とは一切関係ありません。

目次

ニアミス　5
上　京　25
国立病院　45
宿　直　81
音信不通　105
あおい　114
本日休業　143
矢切のテラちゃん　175
霞が関　209
秘書官　217
事　件　237

ニアミス

「ねえ、もんちゃん……」

宇佐美満月《うさみみつき》は、僕に囁くように話しかけた。

「私ね、大学ね、東京に行くことにしたの」

僕は、「えっ、都会に出たくないって言っていたじゃないか。どうしてよ」と問いかけた。満月は進学クラスだったので、大学か短大へ進学するだろうということは承知していたが、長岡とか遠くても新潟あたりだと勝手に思い込んでいたので、生まれてからこの街を出たことのない田舎者の僕には衝撃的な一言だった。

一九七八年七月三十一日一八時三十分。僕と満月は、柏崎市中央海岸の浜辺へ繋がるアプローチ階段に腰掛け海を眺めていた。

僕の名前は、西郷文太《さいごうもんた》。

満月は同じ高校に通う二年生で、恋人同士という仲だと僕は思っている。

満月は、可憐で美しく、しかも知的で大人びていて、立っても座ってもいつも背筋が伸びていて、その姿勢からか育ちの良さを感じさせる女性だ。

僕は、満月の美しさに高校入学当時から『きれいだなぁ』と思っていたし、ただ客観的にそう言って傍から観ているだけの存在だった。

ところが、高校一年生の一九七八年二月十四日、考えてもいなかった『まさか』が起こった。

僕は下校しようと校門へ足を進めると、赤茶けたクルクルパーマヘアで制服のスカートの裾が地面に引きずりそうなくらい長くて、いつもクチャクチャガムを噛んでいて、人を見る時には、ちょっと顎を突き上げて目を細くして見下しているような姿勢で、付け加えれば竹刀でも持って肩でトントンやっている姿がよく似合いそうな、直江洋子《なおえようこ》が僕に寄ってきて話しかける。

「よお、もん太。あんたに話あんだけど、〝ボラボラ〟に四時。待っててんかんね」

僕が「あぁ」と返事をしたら行ってしまった。

洋子は、いわゆるスケ番で、見てくれは不良だけど友人の面倒見が良く、筋が通ったことを言う正義の味方的な姐さんタイプの女子だ。

僕は、誰とでも親しくできたので交友関係は広かった。敵を作らない、いや、作りたくないタイプだ。だから男女問わず誰とでも普通に話をする。しかし、満月の存在は、別格だった。同じクラスではないので、「おはよう」の一言も話しかけたことはなかったし、仮に親しく話している様子が噂にでもなったら、街中の不良どもの攻撃の的になることが安易に想像できたので、怖かったというところが本音だ。

雪国越後の二月は、一年の中でも一番雪深い時期だ。

山も平地も一面真っ白な雪に覆われる。柏崎は海沿いの街なのでシベリアから吹き付ける北風が強く、そこに雪が交じると吹雪になることが多い。海岸に近い街中は積雪こそ少ないが、十キロメートルも山側に入ると豪雪地帯に一変する。そんな土地柄だ。

〝ボラボラ〟は、学校から一キロくらい離れたところにある喫茶店で、いわゆる不良のたまり場だった。下校時間帯はちょっと背伸びをしたがる年頃のガキどもが客層の中心だったが、夜はパブとして営業していて、むしろ夜の時間帯が本格的な営業時間帯で大人の憩いの場であった。

店内は、店名の由来である南国フィジーの『ボラボラ島』のパネル写真がたくさん飾られ、テーブルやイスも籐製でモンステラなどの観葉植物と独特の甘い香りが南国のムードを漂わせ、横殴りの雪が吹き付ける屋外からドアを開けて店内に一歩踏み入れると一瞬にして異国の地にワープしたような錯覚をする。そして冷え切った僕の体と心を優しく温めてくれた。

〝ボラボラ〟には一人で行った。誘ってきたのが洋子だったから、どうせ、不良仲間のいざこざの話だろうくらいにしか思っていなかった。

　店内は、十席のカウンターと四人掛けのテーブル席が五つ。僕は店に入り見回すとカウンター席に常連客らしいお兄さん方がマスターと話をしている姿がまず目に入った。ぐるりと店内を見渡して洋子を探したが見当たらない。一番奥のテーブル席から視線を感じた。

「宇佐美満月」と驚きのあまり声になってしまった。

「西郷くん」と僕を呼ぶ満月。「はい」と答える僕。今までに経験のない緊張感が僕を襲い、店の入り口で固まってしまった。

　満月は、すっくと席を立ったかと思うと僕の前まで駆け寄ってきた。そして僕の左手首を抱えるように優しく握ると、奥の席に連れて行こうと引っ張った。満月のほのかに温かい手のひらは、僕を縛り付けている魔法を一瞬にして解き放った。

「洋子ちゃんにお願いして、西郷君に伝えてもらったの。私が待っているって聞いていないようですね」

「えっええー、そうだったんだ。どうせ洋子たちが屯《たむろ》して、くだらない話でも聞かされるのだろうと思っていたんだけど」

「ごめんなさいね。以前から西郷君とお話ししたいなと思っていてね、だけど西郷君はモテるから、私が入る隙間などないかなと思ってて……。洋子ちゃんに相談したら、

『もん太なんか、誘い出すのなんてわけないから』って言うから、お願いしちゃったの」

「洋子のやつ『もん太なんか』ときたか、まぁそんなもんだけど。オラ、モテないし……」

「あの、これ作ったの。受け取っていただけますか」と満月は綺麗な白地の包装紙に赤のリボンが片隅に飾られた箱を差し出す。

「あ、ありがとう」こういう時は何と返事をして良いのかよくわからなかったので、お礼を言ったあとしばらく沈黙が続いた。

「西郷君。また、たびたびお話しする機会をいただいてもよろしいですか」と満月が問いかける。

「もちろん。だけど宇佐美さんの方こそ大丈夫なの。オラみたいのと逢っていて。彼氏がいるって噂聞いているけど…」と愚問を投げかけた。

「あぁ、早乙女《さおとめ》君のことね。噂よ、う・わ・さ。彼は幼馴染みで、西郷君が心配するような関係じゃないから大丈夫よ」

　早乙女とは、他の一年生だが留年しているので僕より一つ歳上になる。一年生で番長を張っていて街中の不良は一目置く存在なのだ。あちらこちらで喧嘩しては負けなしで街中の高校生を脅かす存在だった。実際、その被害にあった僕の同級生が頭から足先まで包帯ぐるぐる巻きで松葉杖を頼りに登校してきた姿を見た時には震え上がったものだ。

僕と満月は、それから一時間ほど同級生のあいつがあの子と付き合っているとか、くだらない話をしてから「ボラボラ」を後にした。

僕は、家に着くと自分の部屋にそそくさと入り込むと、満月から貰った包みを丁寧に広げた。中は、チョコレートクッキーが可愛らしい小袋に五つ。そして、可愛らしい柄の封筒に手紙が一通添えられていた。

『今日は、会ってくれてありがとう。私は、前からあなたのことが気になって見ていたのです。あなたは、特に目立つ人だし、女子生徒の間でも人気者なのですよ。あなたは気づいていたか分からないけど、ちょっと勇気を出して私の気持ちを伝えたかったのです。少しでもお話ができれば私は幸せになれると思うのです。一方的にこんなこと書き連ねてごめんなさい。おいしくないでしょうけど、クッキーを作りました。食べてください。では、また手紙書きますね。おやすみなさい』

その夜「ウォー」盛りのついたオオカミのように吠えたい気持ちだった。その夜は寝付けないほどに興奮していた。


満月が僕のことを「目立つ人」と書いていた。確かに、僕は目立ちたがり屋だった。一年生の新入生歓迎会の時は、クラス別に体育館のステージの上で何か催し物を披露する。他のクラスが全員ステージの上に上がって合唱したり、寸劇を披露したりする中、僕のクラスは、男女二人ずつ四人だけでステージに上がって歌を披露した。その一人が僕だった。中学の時に独学で覚えた、お世辞にも上手と言えない腕前のギター伴奏を買って出た。その頃流行りのフォークソング「なごり雪」を歌った。

「汽車を待つ君の横で僕は時計を気にしてる。季節はずれの雪が降ってる。……」

全校生徒が集まった体育館は、水を打ったように静まり返った。

秋の文化祭の時には、クラスでプラネタリウムをやることになって、教室内を暗幕で真っ暗にしたことをいいことに、アンプとスピーカーとマイクを二セット持ち込み、歌のうまい元木《もとき》君と二人で即興ライブ会場にしてしまった。へたくそなりに僕も歌った。うまくハモれたのか自信がなかったが、ライブを終えて電気をつけると、教室に入りきれない生徒が集まっていたのは衝撃だった。

僕の家は柏崎駅の東側で駅から徒歩十分くらいのところにある。街中と言いたいところだが、家の周りは越後平野の田んぼだらけだ。

満月は、僕の家より山側の集落よりバスで通学していた。

バス停は学校の近くにあったが、僕たちは、しばしば柏崎駅まで一緒に話をしながら下校した。僕の帰路でもあったし、街中を抜けていくので途中には喫茶店や甘味処もあったし、柏崎駅はバスの始発地点なので座って帰ることができる利点もあった。

僕たちは高校二年生になった。

僕たちの通っている高校は、三年前までは街唯一の女子高でお嬢様学校だった。男子高や女子高が男女共学になるのは、この頃の時代の流れだった。歴史あるお嬢様学校に野暮な輩が入ることに失望した卒業生も多かったことだろう。

僕たちは普通科だったが、保育科と被服科があり、その両科には男子生徒はいなかった。全校生徒約千人のうち男子生徒は約一割程度しかいなかった。

僕は、花園に甘い蜜を吸いに行くミツバチみたいなものだった。

そんな下心で高校に進んだところで、勉学に勤しむわけがない。

いつぞや担任教師に「見事な低空飛行だ」と褒められたことがある。試験のたびに赤点ギリギリだった。


あの日、満月と夕日を見に行こうと約束していた。

市立図書館を待ち合わせ場所にした。市立図書館から海岸までは、ほんの二百メートルほどだった。高校からも二キロか三キロ離れていたから、高校の友達にも会うことはあまりなかった。他人の目を気にして付き合っているわけでもなかったが、満月は読書が好きだったし、僕は海が好きだった。

午後六時、図書館の入り口の横にあるベンチに満月は腰掛けて本を読みながら僕の到着を待っていた。

「ごめん、待った？」と僕は満月に声をかける。

「ううん。本があれば平気よ」

僕は、夏休みには、長距離輸送トラックの荷積み作業のアルバイトをしていた。作業中はバケツの水を頭から被ったような大汗をかく。着替えもしないで、作業ズボンに黄ばんだTシャツ姿で、汗拭きタオルを首にかけ、半径五メートルは汗臭をまき散らしていた。

満月は「くさっ」と言って眉間にしわを寄せた。

「早く行こう。夕日見られなくなるよ」

「うん、行こう」と僕はうなずき、二人は海岸の方向へ歩き出した。

満月は、白地に薄いブルーの縦縞のノースリーブワンピースがよく似合っていた。大きめの麦藁帽子を少し斜に傾けて髪にのせ、撫でるように吹き付けるさわやかな西風が麦藁帽子を巻くレースを揺らす。

透けるような白い肌に微かにそばかすが薄くちりばめられた頬が夕日にほんのりオレンジ色に照らされていた。

満月は色白で二重瞼で大きすぎないぱっちり眼、鼻筋はすっとしていてちょっと高め、唇は薄く横に真一文字、背丈は高くもなく低すぎることもない、ストレートな黒髪は肩より少し長いくらい。

全体的に均整の取れている容姿で、ちょっと細身、残念ながら胸部は発育不全といったところだが、僕にとっては視線のやり場に困ることがないので都合がよかった。

学校では、いや、街中で評判の新潟美人だ。

満月の美しさは、例えるならその名前のとおり、満月《まんげつ》だ。自ら発光して輝く太陽の明るさとは異なり、太陽の光を反射させて暗闇の地球を柔らかく照らす真っ白い美しい月だ。

日本海の浜辺へのアプローチのコンクリート階段に僕は腰掛けた。

満月は、僕の肩に寄り添うこともなく、二人の間を涼やかな海風が通り抜けるわずかなすき間を空け、僕の隣に腰掛けた。

海の向こうには佐渡島が浮かび、その横にオレンジ色の太陽が海に沈みかけていた。さっきまでマリンブルーというには程遠い紺色の深い海の表面は、あっという間にオレンジ色に染まっていく。

夕日が沈もうとしている海の向こうには、ユーラシア大陸の東端、朝鮮半島がある。

土地の人は、ここを裏浜と呼んでいる。

街の中央に旧北国街道が通り、そこがこの町のメインストリートで本町と呼んでいる。十四世紀頃から江戸時代にかけてこの街は宿場町として栄えていたそうだ。金山のある佐渡との連絡船の船着き場や海の幸が豊富な漁港があることや、西は直江津、春日山城、そのずうっと先には京の都、北は会津、東へは上野《こうずけ》（今の群馬県）、その先には武蔵野国（今の東京都、埼玉県、神奈川県の一部）、江戸へとつながる街道が交差する、経済的にも反映した要所でもあったようだ。

僕たちが眺めている夕日の左側には越後富士と呼ばれる米山が聳え立つ。その横には黒姫山。それらの山から注ぎこむ雨水や雪解け水を集めて流れるのが鵜川《うかわ》だ。鵜川が日本海まで到達する一里（約三・九キロ）手前に枇杷島というところがある。

戦国時代のころ枇杷島城というお城があったそうだ。

宇佐美定満という武将がこの地を治めていたそうだ。宇佐美氏は上杉謙信公の側近で軍師であったそうである。

満月はその末裔らしい。

その枇杷島城と旧北国街道の間に表町という地名がある。おそらく、メインストリートを挟んで南側（山側）が表で北側（海側）が裏なのだろう、だから裏浜と呼ばれているのかもしれないと勝手に納得していた。

いつごろからだろうか、日本海側を裏日本と言わなくなった。

太平洋が表海で、日本海が裏海なのだろうかとも思ったことがある。太平洋側は明るく、日本海側は暗い。そんなイメージが僕の中では存在している。

裏浜の近辺には運動場や海浜公園が整備され市民の憩いの場にもなっていた。周りには、同じように夕日を眺めに来ている人たちや、犬を連れて散歩する人の姿も見受けられる。僕たちのように男女二人連れも少なくないが、中にはおっさん二人連れの怪しい姿もある。

「ねえ、もんちゃん、私ね。大学ね、東京に行くことにしたの……」と満月が波の音に消されそうなか弱い声で囁く。

「えっ。都会に出たくないって言っていたじゃないか。どうしてよ」

僕の問いかけに素直に答えることができないのか、しばらく波の音だけが流れていた。

「みんな、東京へ行っちゃうよな。この街にも大学が出来たけど、やっぱり都会での生活を経験してみたいのかな」と僕の方から波の音を打ち消した。

「もんちゃんは、卒業してからどうするの」

「オラよ、バカだから、大学に行けないし、金持ちじゃねぇし、そもそも卒業も危ないし」

「働きながら大学行くのはどうなの」

「そんなに、勉強して何になるのかな。学問が好きでこれを探究して極めたいとかいうことならわかるけど、いい会社に就職するためにいい大学に行くとしたら、オラの場合はよ、いい大学を受験する偏差値を持ち合わせていないもんね。だいたいオラの偏差値知らないし」

「じゃ、もんちゃんは就職するの。何するの？」

「それが、分からんのじゃ」

「何か資格取ってみたら。専門学校行くとか」と満月は僕の行く末を心配してくれているようだった。

「何をやっていいか分からないのに、資格といわれてもね。分かんねぇな」と僕は卒業後のことなど真剣に考えていない。

それよりも、夕日が沈んだ後、満月とどういうことになるのかと妄想することで頭の中が飽和状態だった。

「夕日綺麗ね。もんちゃん」と言いながらも満月の視線は周りの人たちを興味深そうに見渡す。

オレンジ色の太陽は、昼間の何倍にも膨らみ海へと吸い込まれていく。空の色もオレンジ色から一瞬だけグリーンに変色し、すぐさま薄紫色から深い紺色に変化していく。

「ねえ、もんちゃん。暗くなってきたから、帰ろっか」と言って、満月は立ち上がりスカートについた砂をパッパと払い、僕の正面に立って両手を差し出す。僕は引っ張り起こされるように立ち上がる。

僕は思わず「えっ、……あぁ、帰ろうか」と口に出してしまったが、心の中では（これからいいところなのに……）と呟いていた。

今日こそは、満月の唇を奪う絶好のチャンスだと思って、胸中はドッキンドッキンだったのに、一瞬にして高鳴る鼓動は降下した。

満月は僕の背後に回り「シャツは、乾いたみたいね」と言って僕の背中を軽くポンポンとたたくと、満月は僕の背中に頬を寄せる。

僕の妄想は再びエスカレートする。キター、とは思ったもののどうしていいか分からない。

満月が僕の前にいるならば抱き寄せちゃうってこともできたが、満月は後ろ、僕は暫しぼうっとして動けなくなってしまった。

「やっぱ、臭《く》っさ」と満月。

「ほんとに帰るの?」と僕。

「そうよ。もう帰るのよ。暗くなると危ないから。じゃ、駅前でお茶飲んでから帰ろうか」

僕の妄想は実現するのだろうか、妄想はあくまでも妄想でしかないのかと落胆した。

裏浜から柏崎駅は直線上にあった。約一キロ半くらいだろうか。

途中に柏崎神社がある。そこで理由もなくお参りしてから、駅の方へ歩いた。駅の手前二百メートほどのところに〝鯛八〟という甘味処がある。そこに入って、バスの出発時間まで時間をつぶすことにした。

僕は、作業ズボンのポケットからおもむろに煙草を取りだしテーブルの上に置いた。

「あなたは、おいくつですか」と満月が問いただす。

「はたち」

「あら、いつの間に追い越されたのかしら。まぁ、見た目は立派な労働者だけど」

満月の目力に押され、煙草は作業ズボンのポケットに再び収まることになった。

「もんちゃん、さっきの話、ほんとに将来どうするつもりなの」と満月が問う。僕の両親にもあまり詰め寄られて問われたことないのに、満月の眼差しは真剣だった。

「あっ、そういえば、この前、オラのところにスカウトマンが来たんだぜ」

「嘘、プロ野球の。でも、野球部じゃないわよね。相撲、もんちゃん体格いいし」

「スポーツじゃねぇんだな」

「分かった、アルバイト先の運送屋の社長さん。もんちゃん、よく働くから正社員で雇いたいとか。ねぇ、そうでしょ」

「そうだとしたら、オラはそれでOKなんだけど、違うんだよな」

「じゃ、何よ。気になる気になる。何、何」

「陸上自衛隊の勧誘。そのとき両親いなくてオラ一人だったんだけど、オラを名指しするわけよ。『西郷文太さんにお会いしたいのですが』ってさ。オラだって言うとね、オラの全身撫でまわすように見てから、『君にピッタリだ。是非、自衛隊に入隊してもらえませんか』と、こうだよ」

「それで、どうしたの」

「オラはとっさに思いついた『防衛大学校ってありますよね。そこには行けますか』って言ったら。『あそこは、エリートが行く学校だから、君は無理だと思いますよ』っていうから、あったまにきてさ、帰ってくれって、追い返したよ。でもさ、頭冷やして考えたら、それもそうだよなって思ったし、自衛隊も悪くないなって思えてね、親父に話したわけよ」

満月は、「それで、お父様は何て」

「何が気に入らなかったのか分からないけど、親父はカンカンに怒っちゃってさ。『お前を軍隊にやるために育ててきたんじゃねえ』とか言っちゃってさ、その怒り方は激しかったな。今までで初めてだよ。あんなに激怒した親父を見たのは。俺にはわけ分かんなくてさ。脳みそ平和だから」

「お父様は、戦前生まれなのよね。息子を戦争にとられるような気持ちだったのじゃないかしら。たぶんそうよ。お父様のご両親とかご兄弟とか戦死してない？」僕は少し考えてから、「そういえば、親父の親父、父方のじいさんが戦死した」

「それは無理ないわね。それで、もんちゃんどうするの」

「すっかり行く気が失せました」と僕が言うと満月は「よかった」とニコッと笑った。

「オラも東京行こうかな」と突然何か思いついたように口から先に出てしまった。

「東京で何するの？　もんちゃんが一緒に東京出てくれるんなら、私は嬉しいけど……。ただあてもなく東京行くって言ってもね。もんちゃんは矢沢永吉になれるの」

ズキッと胸に刺さった。『成りあがり』を読んだばかりだった。もちろん僕が矢沢永吉に熱を上げているのは満月も承知していた。

「確かにオラにはそんな根性も才能もないよな」と僕が言うと、「納得するんだ」と突っ込まれた。

「そうだ、もんちゃん。公務員試験受けたらいいんじゃない。事務職の公務員。それなら、ご両親も安心なさるんじゃないかしら」

「オラの学校での成績は、満月も知てるだろうよ。無理だって、受かりっこないよ」

「そんなことないよ。試験は来年よ。まだ間に合うわよ。やってみなきゃ分からないじゃない。ダメ元よ、ダメ元。絶対合格するわよ。勉強しなさい」

僕は、母親に『勉強しなさい』と言われているようで気分が萎えたので話題を替えた。

「でもさ、もう少し浜にいてもよかったんじゃない」と言うと満月は、「もんちゃん、知らないの。最近、日本海側の海岸で行方不明者が多発していること。柏崎の海岸も危ないらしいのよ。父母から厳しく言われているんだから。『暗くなってから海岸へ行ってはだめだ』って」

「そんなことが起こっているの。俺、ニュース見ないし、新聞読まないし、全然知らなかった」

「もんちゃんの頭の中は平和だからいいわよね」

満月は、最近キツイことを平然と言うようになってきた。

「あのね、去年から新潟市で女子中学生が行方不明なんだって。誘拐じゃないかって。佐渡とか、特に日本海側の海岸で襲われる事件があったらしいわよ」

「そうなんだ。さっき裏浜で、周辺をキョロキョロ見回していたのはそういうことだったんだ。大丈夫だよ、オラがついているでねぇか」と僕がいうと満月は「もんちゃん一人じゃねぇ。ちょっと……」

「なんだよ、それ」と僕が言うと、

「そりゃ、もんちゃんは体格いいし、ちょっと強面だし頼りにしているわよ。でも、多勢に無勢というでしょ。逃げるが勝ちっていう言葉もあるわよ。危険を回避することが肝心なのよね」と満月はまるで戦国武将のように僕を説き伏せた。

満月は、武家の家系で育ったからなのだろうか、躾が厳しかったからなのだろうか、物事を客観的かつ冷静に判断する能力が備わっていた。僕のような凡人は目先にある煩悩に惑わされて、その先に何が起こるかなど考えもしなかった。僕にとって満月は遥かに大人だった。


バスの時間が迫ってきたので店を出て、満月を見送って僕は家に帰った。一九七八年七月三十一日の二十時頃だった。

僕は家に帰ってベッドに仰向けになって、満月の言ったことを思い出しながら考えた。

何をしたいのか、何になりたいのか。

それが見つからないから悩む。実を言うと何も悩んでいない。

何とかなるさぐらいにしか考えていなかった。でも、満月は真剣に僕のことを考えてくれている。それは何を意味しているのか、それを考えるとまた妄想にふける。そしていつの間にか妄想が夢の中へと誘《いざな》う。

それから二十五年後、二〇〇二年九月、時の内閣総理大臣大泉洋一郎が訪朝し『日朝平壌宣言』に調印し、日本人拉致被害者の一部の消息が明らかにされた。

二〇〇二年十月十五日、北朝鮮拉致事件被害者日本人五人が帰国した。その五人の中には、柏崎市で拉致された蓮田氏夫妻の姿があった。

後に発表された記事を見て僕は驚愕した。

『一九七八年七月三十一日の夕刻に柏崎市中央海岸で拉致』

満月と二人で夕日を見に行ったあの日あの場所なのだ。

僕と満月が暗くなるまで裏浜にいたとしたら巻き込まれていたかもしれないと思うと、満月の好判断に助けられたと思った。

僕たちはニアミスを起こしていたのだった。

上京

一九七九年四月。僕は、無事三年生に進級することができた。

高校三年生になると、進学組と就職組に分かれる。

僕は就職する気持ちに変わりなく、満月も大学進学することに揺るぎはなかった。

それでも僕たちは、時々一緒に下校したり、日曜日にデートをしたりした。

僕は五月で満十八歳になり、すぐに自動車学校へ通い七月には普通自動車運転免許を取得した。これは、就職準備の一環でもあった。

僕は、親父の車を借りてデートに使った。自動車があると行動範囲が格段に広がる。電車で通っている隣町の友人の家まで遊びに行ったり、裏浜よりもっと眺望のよい岬へ出かけたりした。

しかし、そんなに遊んでばかりいるのも夏休みに入る前までだった。

今まで仲良かった連中が、一人抜け二人抜けとだんだん集まりが悪くなっていった。

進学組の連中からは、夏休み期間中が勝負だと聞いていた。満月にしても然り、やはり受験勉強で頑張るようなことを言っていた。僕も邪魔してはいけないと思い、積極的に声を掛けなくなっていった。

気が付けば夏休みは独りぼっち。

就職組でも、就職試験の準備をしなければならなかったのだろうが、そのころ僕は何をして良いのか分からなかった。

就職組では、申し込みをすれば公務員試験の受験登録をしてくれた。何も目的のない僕は、満月の勧めてくれたこともあって、国家公務員初級試験、地方公務員試験、市職員採用試験に登録していた。形式的に願書を提出して試験日が来たら受ける。そんな安易な考えでいた。

九月中旬に国家公務員試験日が迫っていた八月上旬、ふらりとグラビア週刊誌でも買うつもりで書店に行った。

満月の『何か資格取ったら』という言葉が脳裏を過《よぎ》った。

資格に関する書籍のコーナーに行ってみた。一級建築士とか司法試験とかいろんな資格の書籍が並ぶ棚の中に一冊の書籍が『僕を買ってごらん』と訴えかけてきた。

『国家公務員初級試験過去問題集』だった。

僕は、迷わずこれを手に取った。それから、夏休みの間、アルバイトと食事と風呂と睡眠時間以外はひたすらこの問題集を解いた。

夏休みの間、満月とも会うこともなかった。満月は、東京の大学のオープンスクールに行っていたようだ。

夏休みが終わって、九月ともなると進学組は受験へ向けてのピリピリした空気が校内に、特に三年生の教室には染み渡る。それまで、放課後一緒に遊んでいた連中が集まらなくなる。そそくさと帰宅して勉強しているのだろう。僕は国家公務員試験受験日前日まで過去問題を解いていた。とにかくそれしかやらなかった。

国家公務員試験は、信越・北陸地区と関東地区とどちらか一方しか受験できなかった。僕は迷わず関東地区を受験した。

試験会場は長岡市だった。柏崎から長岡は汽車で一時間程度の距離だ。

筆記試験の当日が来た。試験問題と答案用紙が配布される。

僕は、頭のてっぺんから足先まで電気が走るような緊張感が全身を襲ったが、問題を開いてみるとその緊張感はどこかに飛んで行ってしまった。

分かる。驚いたことに、過去の問題集にあった傾向の問題ばかりのように思えた。自分なりに手ごたえがあり、受かると思った。

一九七九年十月。国家公務員初級試験筆記試験の合格通知が届いた。

次は、面接試験だ。十月下旬に集団面接試験を受けた。

僕は、持ち前の明るさと元気の良さといかにも真面目そうな面持ちで、ハキハキと受け答えをした。面接試験にも手ごたえを感じていた。

一九七八年十一月。国家公務員初級試験合格通知書が届いた。

僕は、嬉しかった。これで、国家公務員になれたと思い込んでいた。

並行して、市役所新規採用試験を受験した。市の採用試験は大学卒と高校卒の区別はなく一緒に同じ試験問題が配布される。試験当日までそのことすら知らなかった。もちろん国家公務員試験のように過去問題集が販売されているわけでもないので、試験対策の施しようがなかった。試験問題を見た瞬間、お手上げだった。僕にはレベルが高すぎた。ペーパー試験は間違いなく0点だったに違いない。

年が明けて、一九八〇年を迎えた。この年は例年よりも雪が多かった。

一月の終わり頃に行われた卒業試験を受け、僕は間違いなく卒業できることになった。

満月は、進学する大学もすでに決まっていた。しかし、僕は就職先がまだ決まっていなかった。僕と同様に国家公務員試験に合格した生徒の中には、すでにお呼びがかかり就職先が決まっている者もいたが、僕はのんきなものだった。必ずどこかの役所から電話がかかってくると信じて疑わなかった。

二月の中旬の日曜日、僕は満月と「ボラボラ」でお茶していた。窓の外は猛吹雪で真っ白だった。冬の日本海側の空は、鉛色の雲が立ち込め昼間でも暗い日が続くことが多い。しかし、吹雪が強い日は、鉛色の雲から落ちてくる水分が雪の結晶となり白く、いや、銀色に輝いて落ちてくる。そして、シベリアから吹き込む猛烈な北風に流され、銀色の雪が横殴りに吹き付ける。だから吹雪の日は鉛色の雲は白銀の雪にかき消され、白銀の雪は街を明るく照らすのだ。

満月と僕は、そんな白く明るい窓の外を眺めていた。満月は窓ガラスについた結露を手のひらで拭い取り視界を良くする。しかし、窓外は二、三メートル先もよく見えないほどの吹雪で景色など眺望できるような様子ではない。

「ねぇ、もんちゃん。あとひと月ぐらいだね。こんな雪国の生活も」

「満月は、東京の大学が決まっているからなぁ」

「もんちゃんは、国家公務員試験を合格しているのだから、就職が決まったようなものではないの？」

「他のクラスに地方公務員試験に合格した奴がいてさ、そいつは、県庁から連絡があって、もう採用が内定しているそうなんだよね。そんな話聞かされると、ちょっと不安だけどね」

「じゃ、もんちゃん。電話を待っているだけじゃなくて、自分を売り込みに行ったらいいじゃない。僕のような、働き者を採用しないと損するよとか何とか言っちゃって」

「謳い文句はともかく、そうしたいとこなのだけど、どこに売り込みに行ったらいいのかわからないんだよね。採用地域も関東を希望したし」

「えっ、私、知らなかった。試験は就職地域の希望ができるの」

「新潟県内の高校生は信越・北陸地域か関東地域かのどちらか一方を選択できるんだ。両方受けることはできないけどね。オラは、迷わず、関東を選んだね。満月が東京へ行くからね」

「えぇー。そんな理由なの。私についてこないでよ……。なぁーんて、嘘よ」

「ほんとのことを言うと、合格者数が違うんだよ。信越・北陸は二百人に対して、関東は千人だぜ。分母の数によって確率は変わるけど、合格者数が多い方が合格するような気がするでしょうよ。そう思わないかい」

「結局、合格したんだから、正解だったのよ。でも、すごいわね、合格率の低い試験にパスしたのだから、やるときはやるじゃない」

「筆記試験の合格通知が届いた時には、飛び上がって喜んだね。次に面接試験があることは分かっていたけど、妙に自信があったんだよ」

「どんなこと質問されるの」

「十人ぐらいの集団面接でね、試験官が三人、試験官一人一問ずつ質問されて、さすがにオラも緊張していてあまり覚えていないけど、最後に質問した試験官の受け答えだけは覚えているんだ。『国家公務員を目指す動機は何でしょうか』という質問だったんだよ」

「へぇー。もんちゃん何と答えたの」

「オラね、中学生の頃、雪深かった真冬に、母ちゃんが病気でさ、夜中に救急車を呼んだことがあるんだよ。オラの家は田んぼの中にあるからさ、国道八号線からオラの家までの二百メートルくらいかな、市の除雪車が農道の除雪をしてくれないんだよ。だから、救急隊員は国道に止めた救急車から担架を持って、人が踏み固めて作った人一人がやっと歩ける細い雪道を歩いてくるしかなかったんだよ。母ちゃんを担架に乗せて、救急車へ戻る方がもっと大変だったけどね。そんな話を前置きしてさ、雪国の除雪問題を解決したいと思ったことが、公務員を目指したきっかけですってね。試験官は、深く頷いて聞いていたよ。他の受験者が教科書に書かれているような模範解答をしている中、自分はリアルで説得力あるよなと自分でも思ったし、合格、間違いなし、とその時に確信したね」

「すごいじゃない、もんちゃん。これは、きっと神のお導きね。もんちゃんは、なるべくして国家公務員になるのよ。それで、国と国民のためにあなたは、何か大きな仕事をしなければならない運命にあるのよ、きっと」

「褒めすぎだよ。オラ、木に登っちゃうよ。ところで、満月はお茶大に行くんだろ。

すっげぇーよな、お茶大だよ、お茶大」

「もんちゃん、勘違いしてない。お茶大といっても、国立の御茶の水女子大学じゃないよ。茶の湯大学。知らないよね」

「茶の湯大学。オラ有名どころの大学の名前しか知らないから、よく分かんねぇけど、その茶の湯大学行って何勉強するんだ」

「あのね、茶の湯大学は、茶道をはじめ、華道や書道や日本の奥ゆかしさを勉強する大学なの。弓道や合気道などの武道も習うのよ。和のもてなしの心の追究、心技体の鍛錬をするの。そうね、大和撫子養成所ってところかしら」

「へぇー、奥ゆかしさねぇー。よく分かんねぇな、オラには」と首をかしげると、カランカランと音を立てて店のドアが開いた。

「わっ、雪女」と僕は店に入ってきた直江洋子を指さす。

洋子は、吹雪の中を歩いてきたのだろう、クルクルパーマヘアは雪と同化し白くカチカチに凍っているし、コートから長靴の先まで真っ白だ。

洋子は、店の入り口でコートに積もった雪を両手で払い両足を交互に地団駄を踏むように長靴の雪を落とし、最後に下を向いて髪についた雪を両手でバサバサッと払うと「ふぅっ」と一息ついた。

「洋子ちゃん」と満月が洋子に向かって手を振る。

「おじゃまさま」と言って、洋子は満月の隣の席に腰掛けた。

「おいおい、奥ゆかしさに縁のない女が来たぞ」と僕が言うと、

「もんちゃん、今日はね洋子ちゃんも呼んでたのよ」と満月が微笑みながら僕に話す。

「洋子ちゃんも同じ大学に進学するのよ。知らなかったでしょ」

「へぇー、そうなんだ。それは心強いね。満月の用心棒みたいでさ。武道推薦枠ってあるの」

「なんだよ、もん太。私が奥ゆかしき上品な女性であることに気づいてないみたいだね」と洋子がちょっとふくれっ面で僕の頭を小突く。

「あのね、もんちゃん。洋子ちゃんと私は三月二十日に上京するの。東京の青戸というところに学生寮があってね、そこに入るの」

「もん太は、まだ、就職先決まってないのかよ」と聞きづらいことをスラッと問いかける、がさつな洋子の一言。

「もんちゃん、ほんとにまだどこからもお誘いないの？」と満月は優しく問いかける。

「全然……、ない。まぁ、そのうち連絡が来るよ。残り物には福があるって言うし」

なんて強がりを言ってみせたが内心は不安だった。

「もんちゃん、大丈夫よ。私の言ったとおり試験は合格したんだから、採用してくれる役所が絶対ある。もうすぐ来るわよ、採用試験受けませんかっていう連絡がね」

「そうだといいけどね。ところで、二人揃ってどうしたの」

「洋子ちゃんと相談したんだけど、フェアウェルパーティーしようかと思って、もんちゃん、親しい友達に声かけてくれない」

「それ、いいね。いつやる。三月一日が卒業式だろ。その後かな。場所は」

すると洋子が「マスター、パーティーやるから店貸し切りにして」と一言で決まり。

洋子は、この店の常連だし、高校生のくせに夜な夜なこの店に出没していたようだ。マスターとは親戚みたいな関係だ。

洋子は「マスター、高校は卒業するけど、まだ社会人じゃないんでお安くお願いしまぁーす」

マスターは「ガキどもから金巻き上げるようなことはしませんよ。オヤジをなめるなよ。日時を決めてくれよ」

「卒業式の後にしようか。三月一日の午後三時から」と洋子。

「いいんじゃない、そうしようよ。もんちゃん、いいわよね」と満月。

マスターが、「じゃ、夜の営業の邪魔は勘弁してくれよ。じゃ、三月一日の午後三時から五時まで貸し切り」と言ってスケジュール表に書き込む。すると洋子が、「マスター、午後五時じゃなくて午後六時まで。おまけして」

「こっちだって夜の仕込みがあるんだからな。片付けとか手伝うんだったらいいよ」

とマスターが言うと、三人が笑顔で「ヤッター」。

一九八〇年三月一日、僕たちは卒業式を迎えた。

街のいたるところに残雪がまだ消えまいと粘り腰を見せていたが、雪国の三月は二月とは全く違う空気に包まれる。待ち遠しかった春の訪れなのだ。

幸いその日は好天に恵まれた。そよ吹く風はまだ少々冷たいが、日差しは暖かく心を躍らせる。

残雪が緩み、雪のしずくが土に染み込んでいく。すると冬眠していた土壌が生き返ったかのように春の香りを放つ。この土の香りを嗅いで雪国の人々は春を実感する。

卒業式は午前に終わり、午後三時に「ボラボラ」に行った。店はいつもの南国風の装飾に加え、たくさんの風船や紙テープで飾りつけが施され、その飾りつけが生徒たちの手作りですと語りかけていて、南国風の店内はいつも以上に温かみを感じさせた。

次々と卒業生と別れを惜しむ後輩たちが集まってくる。

十人、二十人と増えて、入れ代わり立ち代わり最終的には百人は超えたのではないだろうか。店に人が入りきらず、店の前の駐車場も会場みたいになってパーティーは大盛況だった。

午後六時には終了し親しい仲間が残ってくれて、後片付けを手伝ってくれた。満月と洋子と僕は最後まで残り、マスターにお礼を言い、パーティー券の売り上げから、飾りつけの材料費や持ち込みの飲食費を除いた残額をマスターに渡した。

するとマスターは、「君たちへの選別だ。今日は、いい気分だ。みんなの友情を忘れちゃいけないよ。また、いつでも来てくれよ」と言って、残額を受け取らなかった。

僕たちは、マスターに深々と頭を下げ、店を後にした。

「この残額は、学校に寄付しようか」と洋子が言う。

「それがいいわ」と満月が同調し、後日、満月と洋子で学校へ持って行くことにした。


三月二十日、満月たちが東京へ向けて出発する日がやってきた。

九時五十四分柏崎駅発、特急はくたか号。長岡駅で特急とき号に乗り換え上野駅に着くのが午後四時頃だ。

僕は九時半ごろ駅に着いた。満月と洋子が駅の待合室にいた。

それぞれの両親と思われる人がそばにいて何か会話を交わしている。

僕は、満月に近づくのを躊躇《ためら》った。

すると、同級生が数人見送りに来た。男子も二、三人来たので、僕も合流して、満月の近くへ寄って行った。女子とキャーキャー言いながら話しているのを余所《よそ》に、男たちは彼女たちを見送りに来ているにもかかわらず、彼女たちに話しかけることもなく、ただ遠巻きに見守っていた。

「おい、もん太」と洋子が僕をいつものように呼び捨てで呼びつける。「どこが大和撫子だよ」と呟きながら洋子に近づく。

「満月としばらく会えないかもしれないんだから、何か話しなさいよ」と、彼女流の気遣いで僕の背中をグイと押し、満月の前に立たせる。

満月の隣には、母親と思われる上品な年配の女性が座って僕を見上げる。

僕は照れ臭くなり「どうも」としか言えなかった。

「まぁ、満月のお友達。いろいろお世話になったみたいね。見送りにも来ていただいて、どうもありがとうね」と満月の母親が僕に話しかけた。

「いえ、コチラコソオセワニナリマシテ……」

僕は、こういう時に年配の方に何と話していいのか分からず、なおかつ舞い上がってしまい、外国人の片言日本語みたいに話してしまった。

「あのね、お母さん、こいつ西郷文太というのですよ。学校では、人気者だったんですよ。勉強はできなかったけどね」と洋子がフォローになってない余計なことを言う。

（コンニャロ首絞めたろか）と心の中で僕はつぶやいた。

そんな僕と洋子のやり取りを見て、満月は微笑んでいた。

「そろそろ、ホームへ行かないと」と満月の母親が満月に声をかける。満月はベンチから立ち上がり、つかつかと僕のもとへ寄ってくると「これ持ってて」と言って手提げ付きの紙袋を渡された。

みんなでプラットホームまで見送りにぞろぞろと歩いていく。その最後尾に僕はポツリとおまけみたいについていった。

僕は、満月と別れる寂しさよりも、就職先がまだ決まっていないことの後ろめたさが気持ちの中で大きなシェアを占めていたから胸を張って見送りできる心境に無かったのだ。満月の母親にも緊張して何も話しできなかったのもそんな気持ちの表れだったのかもしれない。

直江津方面から特急はくたか号が柏崎駅のプラットホームに滑り込んでくる。列車のドアが開く。満月の母親が列車に乗り込む。一緒に行くんだと僕はやっと気が付いた。続いて満月が乗り込む。最後に洋子が重たそうなカバンを抱えて乗り込む。みんなは手を振り、「元気でね」とか「頑張ってね」とか別れの言葉をかける中、列車のデッキから僕をフォーカスしている満月の眼差しはどことなく力なく思えた。

ホームには「ブー」とブザーが鳴り響き、プシューッと音を立てて列車のドアが閉まる。

僕もさよならと手を振ろうとする。

「あっ」満月から預かっていた荷物に気が付いた。

走り出した列車をあわてて追いかけるが、どうしようもない。

窓越しに満月は両手を差し出すポーズをすると「あ・げ・る」と動く口元を僕は読み取り、列車を追いかけるのをやめた。

満月の隣で洋子の口元が「ばーか」と動いているのも見逃さなかった。

見送りに来たみんなに別れを告げ、帰っても何もすることもない僕は、「どうすんべ」とつぶやきながら、満月から預かった紙袋をぶらぶら振りながら、家路についた。

家に着くと自分の部屋に入り、窓を開けた。僕の部屋は二階だ。僕の部屋の窓から黒姫山の麓まで続く見渡す限りの田んぼと右側に目を向けると米山が一望できる。米山は、山頂から下半分以上はまだ白かった。

窓から吹き込む風は少し冷たいがぼうっとした僕の頭を覚醒させるにはちょうどよかった。

僕は、満月に渡された紙袋に入っていたものを取り出してみた。

手編みと思われるマフラーだった。

今となっては季節外れだが、雪深い寒い冬の間、僕のためにこれを編んでいてくれたのかと思うと、にわかにやるせない気持ちが僕の胸を抉《えぐ》る。

そして、可愛らしい柄の封筒が入っていた。おもむろに開封し、入っていた一枚の便箋を読む。

西郷文太様

今日は、見送りに来てくださって本当にありがとうございました。

もし、来てくれなくても手紙を送るつもりでしたが、手渡すことが叶ってよかったです。

私は、もん太さん、あなたのことが心配です。

あなたは、真面目で思ったことに一途に突き進むところが素敵ですが、ふと気づくと周りが見えなくなってしまうような、そんな危ないところがあるように思えるのです。

誰かが見ていてあげないと道を誤るようなそんな危ういところを感じるのです。

できることならば、私がずっと見守ってあげていたいそんな気持ちなのです。

きっともん太さんには、もん太さんにしか歩けない道が待っていると思います。

どうぞ自分を見失わないように冷静に自分の進む道を歩んでください。

東京の生活が落ち着いたらお手紙書きますね。お元気で。

追伸

　私の住所と寮の電話番号です。

　　東京都葛飾区青戸……

宇佐美満月

僕は、この短い手紙を繰り返し、繰り返し読み続けた。

「東京か」とつぶやき、畳の上に横たわりため息をつく。

高校一年生の春休みに、大学生の兄を頼って三日間東京に行ったことがあったことを思い出した。

東京は人が多い、見たこともない高級車がいっぱい走っているし、蜘蛛の巣のように線路が張り巡らされている。田舎者の僕には眩しくて自分一人で行動できなかった。

そんなところで満月は生活するのかと思うと急に心配になってきた。満月は、大和撫子を極めるようなことを言っていたけれど、どうなっちゃうんだろう。もう、僕はお呼びでないよなぁ、と考えていると、いつの間にか眠ってしまった。


リーン、リーンという電話のベル音で目が覚める。

何時だろうと時計を見ると午後四時を過ぎていた。

「はいはい」と誰もいないのに返事をしながら受話器を取る。

「西郷さんのお宅でしょうか」

「はい、西郷です」

「文太さんは、いらっしゃいますでしょうか」

「文太はオラです」

「よかった。こちらは、千葉県にあります国立国分病院の事務部の者ですが、ご就職先はもうお決まりでしょうか」

「いいえ、まだ決めておりませんが」と僕はとっさに答えてしまった。あたかもよそからも誘いが来ているかのような態度をとってしまった。

「そうですか、他の省庁の採用面接も受けてらっしゃるのですね。まだ決断されていないのでしたら、当院の採用面接を受けてみませんでしょうか」

僕は、「キター」と心の中で叫んでいた。

「はい、いつお伺いすればよろしいでしょうか」

「では、他にもお声をかけている方がいらっしゃいますので、採用試験の日時は追って文書でお知らせいたしますが、本月末頃になるかと思います。どうぞよろしくお願いします」

電話は切れた。僕は、今までに経験のないほど舞い上がった。

有頂天と言うのはこういう状態のことをいうのだろう。

三月三十日、千葉県市川市にある国立国分病院へ向かった。

まだ、スーツも誂えていなかったので、正装といえば学生服しか持っていなかった。卒業したが学生服で病院を訪ねた。

事務の方々は学生服姿で田舎者丸出しの僕を見てちょっと驚いた様子だったが、僕はそれどころではなかった。バリバリに緊張していた。

試験会場に案内されると、スーツ姿の若者が二人先に座っていた。思わず、「これだけですか」と言ってしまいそうになった。

筆記試験を二時間ほど受けた後、その日のうちに面接試験を一人ずつ受けて、その日は終了した。

「合否は、二、三日後に電話にてご連絡いたしますのでご自宅でお待ちください」

幸いなことに、市川市には叔父夫婦が畳店を営んでいたので、叔父宅に一晩泊めてもらい、翌日自宅へ帰って電話の前で正座して二日待った。

二日後、電話が鳴った。すぐ取れるのにベルが三回なってから受話器を取った。

「西郷さんですか」

「はい、オラです」

「国立国分病院ですが、あなたの採用が決まりましたのでご連絡いたしました」

「あ、アリガトウゴザイマス」また、外国人になってしまった。

「当院としては、事務手続き上、五月一日付での採用となりますが、いかがいたしますか」

と言われても、僕の答えは一つなのだ。

「もし、他の採用がお決まりでしたら当方も他を当たりますので今お答えをいただけますか」

「ハイ、ゼヒヨロシクオネガイシマス」

「では、西郷様がよろしければ、本採用までの間、非常勤ということになりますが、四月中旬ころからお勤めいただいてもかまいませんが、いかがいたしますか」

「はい、そうさせていただきます」

「あと、お住まいはいかがいたしましょうか。独身寮もございますが入居されますか」

「はい、お願いします」

「では、四月十五日においでいただけますか」

話が決まるときはあっという間だ。

この日が来るのを幾月待ったことだろうか。

待っていろよ、満月。「オラ東京に行くからよ」と心の中で叫んだ。

国立病院

一九八〇年四月十五日、僕は、母親が誂えてくれたスーツを着て、数日分の着替えとラジカセとエーちゃんのカセットテープを抱えて上京し、国立国分病院へ赴いた。

僕はまず事務部長室に通され、当面、非常勤職員であることの辞令を交付され、それを受け取ると勤務する医事課という部署に案内された。医事課というのは、患者さんの受付やカルテ管理や診療費の会計を行う部署だ。患者さんが病院を受診する時に真っ先に案内するところ、言わば病院の顔である。

医事課の職員への挨拶を済ますと、病院の敷地内にある宿舎へ連れていかれた。

「ここが、君の部屋です。あまりきれいじゃないけどね。慣れちゃえば平気だと思うよ」と年の頃なら二十五歳くらいの人事係の先輩が案内してくれた。

木造二階建てで外壁のモルタルがところどころ欠けたりして、大きな亀裂が目立ち、部分的に蔦《つた》が屋根まで覆い隠している部分もあった。戦後間もないころの建物だろうか、僕にはお化け屋敷にしか見えないような建物だった。部屋は、ドアを開けてすぐ三畳ほどのキッチンがあり、奥に六畳一間《ひとま》の和室と一間《いっけん》の押し入れがあった。

畳は一部擦り切れている。壁にはゴルフボール大の窪みがたくさんあるが、それをガムテープで覆っているが、全然補修になっていない。畳の床はところどころ歪んでいてボコボコしている。その上、窓際部分の畳は黒っぽく湿っている。窓枠は木製でガラスの一部はビニールテープで補修されている。窓枠と柱は、明らかに見て取れるほどの隙間が空いている。田舎の実家でもさすがにアルミサッシだったのに、昭和二十年代にでもタイムスリップしたような気分だった。

僕は、あ然と部屋の中を見回すと、ボコボコの壁を見つめていた。

「あっ、この壁ね。前の住人が、部屋の中でゴルフの練習をしていたみたいだね。しょうがない奴だよね」

「修復しないんですか」と僕が尋ねると、「この宿舎は、もう先が長くないからね、そのうち取り壊しになるんじゃないかな」

まぁ、そうなんだろうなと僕は納得した。僕一人で住むには十分だとも思った。

「それからね、トイレは共同ね」と廊下の中央にあるトイレに案内してくれた。

「ぽっとん便所ね。でも、二階だからおつりは届かないから大丈夫だよ」

トイレの個室は五つ、男子用の小便器はコンクリート張りの横長の垂れ流し式だったが使用禁止の紙が貼りつけられていた。悪臭を放つからだろうと安易に想像ができた。

部屋の扉のウォード鍵は壊れていて、外側から木ねじで固定した掛具に南蛮鍵というお粗末なセキュリティーだった。まぁ、取られるような貴重品は持ってないし、金もないし、この建物を狙う泥棒もいないだろう。そもそも、夜になって明かりが漏れてなければ誰しもが廃墟だと思うだろう。

「布団とか他の荷物は、どうするの」と聞かれ、「午後から、叔父が運んでくれることになっています」と答えると、「じゃ、今日は仕事しなくていいから、身の回りのことを整理して、明日朝八時半に医事課に出勤して。宮田係長が君の上司になるから指示に従って。宮田係長には話しておくから大丈夫だよ」と言い残して、人事係の先輩は去って行った。

「ここから、始まるんだ」と僕は呟く。

午後になって、畳屋の叔父さんが軽トラックで荷物を運んでくれた。前もって両親が手配してくれた布団にテレビに掃除道具など当面生活に必要なものだ。

叔父は、畳を見るなり「こりゃひでえな」と言うと、トラックに積んであった商売道具でひどく傷んでいる畳を補修してくれた。

「全部取っ替えるまではできねえけどよ、まぁこれで勘弁してくれや。困ったことあればいつでも来いよ」と励ましの言葉を残し帰っていった。

国立国分病院は、市川市と松戸市を結ぶ幹線道路の市川松戸線の中間くらいに位置し、里見城址公園の近くにある。里見城址公園は桜の名所で、僕が赴任した頃は葉桜だった。

この公園は、江戸川沿いの小高い位置にあり、公園から江戸川の向こうに東京を臨める。高台を下ると江戸川の河川敷だ。公園を背に左側が下流でその先は東京湾で、右側は上流で矢切の渡し、野菊の墓、松戸その先は埼玉県へと続く。江戸川の向こう岸は、帝釈天題経寺で有名な葛飾区柴又、東京にも近いし生活環境は申し分ないと思った。

その日は、あっという間に日が暮れた。急激に空腹が襲ってきたので、食を求め近隣をふらふらしてみた。お城があった街だからなのか、国立病院があるからなのか分からないが、八百屋さん、雑貨店、米店、パン屋さんなどの商店が軒を連ねている。生活必需品は全て揃う。すぐ近くに銭湯もあった。僕は、大衆食堂で中華定食を頼み、空腹を満たすとそのまま銭湯で汗を流した。

風呂あがりに、明日の朝食を調達しようとパン屋さんに立ち寄った。

そこには、綺麗で可愛らしい女性の店員が迎えてくれた。パンを二つ三つ取ってレジに向かう。

「いらっしゃいませ」と声も可愛らしい。高校生のアルバイトだろうか。明らかに僕

より は年下に見えた。

「高校生。アルバイト」と僕が声をかけると、

「はい」と笑みを浮かべながら答えてくれる。

「オラ、今日引っ越してきたんだけど、また来るね」と言うと、

「そうですか。ありがとうございます」と笑いをこらえながら答えてくれた。

「かわいいなぁ」と呟きながら店を後にして部屋に帰った。

僕は、同僚の先輩たちに挨拶していないことに気が付き、母が用意してくれた粗品を手に挨拶して回った。

独身寮と聞いていたが、一階と二階の角部屋は二間以上あるようで世帯で入居していた。

上下五部屋ずつで合わせて十部屋あるが、入居しているのは僕も含めて六部屋だった。

ひととおり挨拶を済ますと、実家に電話することにした。

「そうだ、電話がないんだ」と気付く。また外に出かけ近くの公衆電話から母に電話して無事であること、叔父にお世話になったこと、住環境がどうだなど今日一日の報告を済ませた。

部屋に戻ると、午後九時を回っていた。

翌朝、八時に出勤した。出勤と言っても徒歩一分、走ったら二十秒で着いてしまう。病院の敷地は広いが、僕の入居した宿舎は病院の正面玄関から直進五十メートルほどだ。鬱蒼と生い茂った木立が目隠しになって病院からお化け屋敷はよく見えなくなっている。

僕は、医事課の扉を開け、大きな声で「おはようございます」と精いっぱい元気に挨拶すると、もうすでにほとんどの職員が出勤していて、何人かのおばちゃんと先輩たちが机を拭いていたり、カルテ出しを行っていて、みなさん戦闘モードに入っていた。

しまった、初日から出遅れてしまった。病院の朝は早いのだ。朝七時には開門し、八時には外来フロアは患者さんで溢れかえる。

「西郷君」と宮田係長に呼ばれ、僕は、「今日からよろしくお願いします」と挨拶をすると、宮田係長は「小木《おぎ》君」と先輩を呼び寄せ、「西郷君の面倒を見てくれ。同県出身だし、何かと話も合うだろうから、よろしく頼むよ」と小木先輩に指示すると、先輩は、「じゃ、こっちへ」と僕は外来受付窓口へ連れて行かれた。

「西郷文太です。よろしくお願いします」と先輩に挨拶すると、「さいごうもんた君ねぇ。さいごうもた……、ざ・い・ご・う・も・ん・だ。こりゃいいや。おめぇ、出身どこだ」

「柏崎です」と答えるとケタケタ笑い、「おめぇ、ぜぇごうもんじゃねぇか」と腹をかかえて笑った。

小木さんは新潟市の出身だ。新潟市は日本海側では一番人口の多い都市であるが、あからさまに見下されていることに少々腹立たしく思った。しかし、否定はできなかった。

新潟県は東西に横長の地形で面積も広い県であり、新潟市と柏崎市は百キロ以上離れているが、方言に違いはないことを確認できた。

小木さんは、仕事の手ほどきから院内施設の案内までこと細かく教えてくれた。

医事課外来係が僕の初めての所属だ。仕事は、再診患者さんのカルテ整理から始まった。

外来患者さんが診察券を受付ボックスに投函する。その診察券にカルテ番号が書いてある。カルテ番号をたよりにカルテ庫からカルテを探し出す。そして、そのカルテをいくつかまとめて外来診療科へ配って回る。

診療が終わった午後には、外来診療科から戻ってきたカルテを番号順に並び替えてカルテ庫に戻す。この単純作業が新入りの仕事だった。一日千人ほどの患者さんがこの病院外来を訪れた。

慣れない仕事に追われながら毎日が過ぎていく。

毎晩床に就くと、薄汚れた天井板を眺めては、満月の顔を思い浮かべながら、眠りに落ちていった。

そして、二週間が経過した。

一九八〇年五月一日午前九時、僕は院長室にいた。

「これを読み上げなさい」と事務部庶務課長から一枚の紙を手渡された。

『私は、国民全体の奉仕者として公共の利益のために勤務すべき責務を深く自覚し、日本国憲法を順守し、並びに法令及び上司の職務上の命令に従い、不偏不党かつ公正に職務の遂行に当たることをかたく誓います』

国家公務員の服務の宣誓である。全ての事務官は、採用辞令を受ける前に必ずこの宣誓を行わなければならないのである。

「事務官行政職一に採用する」と記された辞令を病院長から交付された。

ここに、国家公務員行政事務官西郷文太が誕生した。


国立病院の事務部は、庶務課、会計課そして医事課がある。

医事課には、入院係と僕が配属になった外来係があり、その末席に机と椅子が与えられた。事務職員は、社会保障省や地方医療局という上層部署から赴任してくる部長や課長といった幹部、国立病院を渡り歩いている班長や係長といった中間管理職がいる。

外来係は係長が二人いて、係員が五人、パートのお姉さまが四人、入院係には係長一人と係員三人、課長、班長の総勢十七人の職員で構成されていた。

外来係の係員は、五十歳くらいのおじさんが一人と、三十代のお兄さんが一人、二十代のお兄さんが二人、そしてまだ十代の僕の五人だ。

パートのお姉さま方は、三十代から四十代の奥様方だった。

外来係は、一日中慌ただしくあっという間に日が暮れてしまう。

僕は、四月中旬から半月間は非常勤だったので、きっちり五時に帰らせてもらっていたが、五月一日の正職員になった途端に先輩方は厳しくなった。

医事課の一番重要な仕事は、診療報酬請求事務なのだ。営利企業で例えるならば、営業部門だ。売り上げなんぼの世界だ。特に月締めの月末から毎月一〇日までの間は、深夜遅くまで診療報酬明細書を作成、集計業務に追われる。昭和五十五年はまだコンピュータ化されていないから、全て手作業で行う。

僕は、診療報酬点数表と薬価基準表という分厚い本を二冊、「これ教科書ね」と渡されて、ほぼ独学で覚えることとなった。先輩方も忙しそうに電卓をたたいているので、「あのぉ、すみません。教えてください」と声をかけるタイミングにも気遣い、少しずつ自分のものにしていくしかなかった。

係員の中でも一番頼りにしていたのは、小木さんだった。

小木さんも僕のことを舎弟のようにかわいがってくれた。

事務部には、医事課以外にも僕と年の近い先輩が七、八人くらいはいた。皆独身者でそのほとんどが院内の宿舎に入居していたので、仲良くなるのにそんなに時間はかからなかった。

残業する時は、独身者は揃って食事をしたり、一緒に風呂に行ったりした。

赴任初日は、銭湯に行ったが、院内に職員用の風呂があることを小木さんから教わった。夕方六時から午前零時まで自由に入ることができ、十人ぐらいまで収まる大きな浴場だった。仕事が深夜まで及ぶときには、風呂に入ってから、また事務所に戻り仕事を続けることもよくあった。

毎月十日が、診療報酬明細書の提出日だったので、それが過ぎると概ね定時に帰れるようになる。

赴任してからひと月が経過し、仕事のパターンを習得すると気分的にも少し落ち着いてきた。

僕は、満月に手紙を書くことにした。就職したことも満月の近くに住んでいることも、まだ何も伝えていなかった。できることならば今すぐに逢って話したいと募る気持ちをそのまま手紙に託した。

五月下旬の日曜日に東京に出てきた親しい仲間数人が集まって近況報告しようということで、浅草で会うことにした。

集合場所は、雷門。

その日は、良い天気に恵まれた。五月下旬ともなれば、お日様が顔を出せば汗ばむくらいの初夏の陽気だ。

スーツを着て行こうかとも思ったが、七五三みたいになっちゃうし、Tシャツとジーパンに着替え、浅草に向かった。

約束の時間は。午前十一時。みんなでお昼ご飯を食べて積もる話をしようということだ。

僕は、逸る気持ちを抑えきれず、十時には浅草に着いていた。

浅草は、すごい人出だった。こんなに大勢の人波でみんなを見つけることができるだろうかと不安に思ったので、雷門の提灯を被るかのように真下で待っていた。

やはりみんなの気持ちは同じなのだろうか、十時半にはみんな揃った。

その日集まったのは、満月に洋子、同級生で建築系の専門学校に進んだ田中五郎。電子工学系の専門学校に進んだ元木猛。それに僕の五人だった。

東京の人混みの中でも、満月と洋子の二人連れを見つけることは、さほど難しくなかった。

満月は、田舎を離れてわずか二カ月なのに、すっかり都会のお嬢様に変貌していた。フリルの付いた白いワンピースにレースの付いた白い帽子姿。洋子は相変わらずのクルクルパーマ頭だったが、髪の色はほぼ金髪に近い色に染まっていた。派手なドット柄の赤いシャツに白っぽいスカートだかパンツだか僕にはよくわからない流行りの洋服に大きなサングラスをカチューシャのように頭にのせて、トッポイ格好していた。またそれがよく似合っている。

女の子は、都会色に染まるのは早い。

流行に敏感な触角はいつ備え付けられるのだろうか。

僕は、満月の美しさにさらに磨きをかけた姿に開いた口がふさがらなくなり、よだれが零れそうになる。

男三人はダッサいTシャツにジーンズ姿だった。特に僕は病院の敷地から外に出ることも少なかったので余所行きの洋服など持っていなかった。おしゃれな格好もできなくて満月に申し訳なく思い、少し恥ずかしくなった。

「よう、もん太。就職決まってよかったジャン」と洋子がポンと僕の肩を叩く。

「ジャン」と僕がきょとんとした顔で洋子を見る。

「なんだよ、もん太。国立国分病院はさぁ、京成線の国府台駅なんだろ。青砥駅の先ジャン。私たちの寮の近くに就職できるなんて、なんか因縁深いものを感じるね」洋子が話し出すと、五郎が「こんなところでもなんだから、きっちゃ店行こうか。きっちゃ店」

僕は、純喫茶に入るとヨーロッパを感じさせる厳かな店内の装飾に些か懐具合が心配になったが、皆は慣れているのか僕の及び腰な様子に気付きもせず、広めの革張りソファ席を陣取った。

店内の装いに似つかわしくなくBGMには、『ディス・イズ・ソング・フォー・コカ・コーラ』が流れていた。

「ご注文は」と尋ねる白のスタンドカラーシャツに黒のボウタイを付けたウエイターに「コカ・コーラ」と間髪入れずに注文する僕。

「もん太は、やはり矢沢のエーちゃんですか」と五郎が話を合わせてくれた。

「今の流行は、シャネルズだよね」と猛が言うと、

「あたいは、ブロンディ。『コール・ミー』がいいわよね」と洋子。

「でたな、洋楽かぶれ。その髪はブロンディかぶれか」と僕が突っ込む。

満月は、そんな世間話に入り込むことなく笑みを浮かべ頷きながら聞いていた。みんなの話が落ち着いたところで満月が話し出した。

「五郎さんは、一級建築士の資格取ったら田舎に帰るの」

「俺、長男だからな。家業の材木店を継いで、建設業まで事業を拡大するのが目標なんだ」誇らしげに五郎は語る。

「すごいわね、五郎さん。立派な目標をもって勉強しているのね。元木さんは、ミュージシャン目指しているの?」

「歌は趣味だね。それで食っていくのは難しいだろうな。今は、音響技術の勉強しているんだよ。レコーディングスタジオの仕事をするのが夢かな」と猛が答える。

「じゃ、猛は新潟には帰らないいんだ。そんな仕事は地方にはないだろう」と僕が言うと、

「まだ、分からないよ。俺も五郎と同じで長男だしな。まだ、先のことは考えていないよ。その点では、もん太は公務員だし、宇佐美さんと安定した生活を営んでいくんだろ。ヤダねー。コノヤロー。僻んじゃうよ俺は」

「何言っちゃって、言っちゃって、言っちゃうんだよ」と僕は照れてしまう。満月は、白い肌をほのかな桜色に染めながら、

「私たちは、まだそういう関係じゃありませんから」

「じゃ、どういう関係なのかな」と五郎が口をはさむ。

「満月はね、名家のお嬢様なのよ。もん太なんかの嫁になるわけないじゃないの。あ

んたちバッカじゃないの」と洋子が満月のことをフォローしたのか、僕を馬鹿にしたかったのかよく分からなかったが、僕は満月との仲のことよりも同郷の仲間が集まって過ごしているこの時間が楽しくて嬉しくて堪らなかった。

僕たちは浅草花屋敷で遊び、夕方五時頃帰ることになった。

五郎と猛は渋谷方面なの営団銀座線で帰り、僕と満月と洋子は都営浅草線で途中まで一緒に帰ることにした。

「五郎さんも猛さんも夢に向かって一生懸命勉強しているのね。私なんて駄目ね」と満月が帰りの電車の中でポツリと溢《こぼ》した。

「何が駄目なの」と僕が聞く。

「大学に進んでまだ二カ月くらいしか経っていないけど、どこへ向かって進めばいいのかよく分からなくなってきているのよね。わたし」

「まだ、始まったばかりじゃないか。大学は四年あるんだろ。ゆっくり考えればいいんじゃないかな」

「もんちゃんは、この後の目標はあるの。夢とか」

「オラか。それこそオラもまだ始まったばかりで、今はまだ目先の仕事を覚えていくことで精いっぱいだからな。そうだな。せっかく国家公務員になって東京出てきたんだから、国立病院でも都心のもっとデッカイ病院で勤めたいな。係長以上になると転勤があるらしいんだよね。東京勤め。いいよね」

「まったく、黙って聞いていれば、この田舎者が。恥ずかしいわ」と洋子に周りに聞こえないようにかすれたような声で突っ込まれた。

僕は、満月ともっと話したかったが、あっという間に青砥駅に着いてしまった。

満月は、「また、手紙書くわね」と一言言い残して洋子とともに下車した。閉まる扉にホームから手を振る二人。僕は、手を振り返すと電車は動き出した。

日曜日の夕暮れ時に独りぼっちになるのはとても切ない。

僕は、部屋に電話を引くほどの金銭的な余裕がなかったので、電話を受ける場合は職場あてに電話してもらうことにしていた。

僕が電話する場合は公衆電話だ。満月は女子寮ということもあって僕は電話することを躊躇った。満月もおそらく僕の職場に電話することを躊躇っただろう。

結局、文通という手段に落ち着いた。

僕は、徐々に仕事にも慣れ、職場仲間とも交流が深められるようになってくる。

なにしろ一人暮らしが気楽で楽しくてしょうがない。

初任給は八万円くらいだったが、贅沢しなければ貯蓄もできるし、一人で生活するには十分な所得だ。

少ないながらも自分で働いた給料を自分一人で使えることが嬉しかった。満月に会えない寂しさはあったが、忙しく働いていることと職場の仲間とバカな話をしていることで毎日が楽しく過ごせるようになっていった。

職場は病院だ。若い看護師さんがたくさんいて、血気盛んな若い男性職員もたくさんいる。

小木さんも血気盛んな若者の一人であり、ちょっと顔立ちが良いし、口先から生まれてきたのだろうか、口説き上手で悔しいことに看護師さんと仲良くなるのに時間はかからない。

小木さんは、ちょくちょく看護師さんたちを誘っては飲みに行っていた。たまに僕をだしに使って看護師を誘う。まぁ、新人なのでしょうがないが、僕もそれを楽しんでいた。

国立国分病院で採用された事務官は、社会保障本省に若くして異動する者が多かった。そのような異動者が出るたびに新人が補充される。六月、七月と立て続けに新規採用者が入ってきて、あっという間に僕の後輩が二人もできてしまった。

それには理由がある。本省は即戦力となる事務官がほしいのだ。

本省で新人を育てるより、国立病院などの施設機関で基本的な業務を覚えさせて、使えると思われる人材かどうかを本省から下ってきている幹部が評価する。幹部の眼鏡にかなったならば、「本省へ行って頑張ってこい」ということになる。東京近郊の病院は通勤圏内だから都合が良い。

そのように、国立国分病院出身で本省に勤務する先輩で病院の近隣に住居を構えている人も少なくなかった。そんな独身の先輩で病院の職員風呂を利用する人もいる。僕は、本省勤務の先輩たちと風呂で知り合いになり、交流を深めていった。

「君、はじめて見る顔だね」と職員風呂で声をかけられた。

「はじめまして、四月採用になった新人です。西郷文太といいます」

「あっそう、俺ね、阿藤。あっそう、でなくてあとうね。よろしくね」

「阿藤さんは、どちらに勤務されているのですか」

「本省。二年前まで、この病院にいたし、寮にも入っていたけど、病院の職員でなくなったから、寮にそのまま居られないし、この近所に安いアパート借りてさ、風呂がついてないから、勝手知ったるなんとかで、風呂入りに来ているってわけよ」

「阿藤さん、この病院から本省へ出向する方は多いんですか」と聞いてみた。

「あぁ、この病院は本省の登竜門って言われていてね、昔から多いみたいよ。俺も知らない先輩方も多く本省で活躍しているみたいだよ」

「本省はどこにあるんですか」と聞いてみた。「知らないの。霞が関だよ」と答えてくれた。

「霞が関っていうと、霞が関ビルの霞が関ですよね。オラ、田舎者だから東京のことはまだよく知らないんですけど、霞が関はどこにあるんですか」

「日比谷公園って知ってっか。そのすぐ近く。国会議事堂の手前っつうか、国会の近くに官庁が立ち並ぶところが霞が関よ。まぁ、こんど暇があったら案内するよ。入院係に中井がいるだろ。あいつは遊び友達だからよ、今度一緒に霞が関の近くで飲みに行くか。うん、そうすんべ」と変わったアクセントのあるなまりで、気さくに答えてくれた。

「はい、よろしくお願いします」

中井さんは、宿舎の隣室だった。同じ医事課の職員だから、すでに面識はあったし、温厚な優しい人だったので、すぐに打ち解けた。

「霞が関か……」その響きに惹かれた。

職員風呂は、新人にとっては最高の社交場だった。

六月に採用された職員は鈴《すず》田《た》健《けん》四郎《しろう》。僕と同じ年で岩手から上京してきた。

七月に採用された職員は小《お》佐《さ》田《だ》俊《しゅん》哉《や》。年は僕よりひとつ上で川崎出身の都会育ちだった。

二人とも僕と同じ外来係に配置され、課内の年齢層が一気に若くなった。彼らも院内の独身寮に入居し、僕が経験してきたこととほぼ同じような生活サイクルだ。

七月に係長も交替した。国立がんセンターから若くして係長に昇任してきた薗田《そのだ》さん。

年のころは三十過ぎたばかりで、僕たち係員とは十くらい年上になるので、兄貴分的な存在となった。

薗田さんは、恰幅良く、よく食べ、よく飲み、よく遊ぶ三拍子そろった人だった。既婚者で男の子が二人いた。院内にある世帯宿舎に入居していた。

病院という職場は、二十四時間稼働しているので、職員の確保が大変で、特に住環境の提供が必要不可欠な要素である。特に医師、看護師、技士は、二十四時間体制で稼働させせなければならない。

病院内で衣食住すべて賄える体制が敷かれていなければならない。だから敷地内に宿舎がたくさんある。医師用、看護師用、技師用、そして事務職員用だ。世帯用宿舎は鉄筋コンクリート造りの頑強な見栄えも立派な建物だ。独身事務官の入居する宿舎は院内でも最古の造りのお化け屋敷となる。

院内には立派な独身寮もある。それは、男子禁制の看護師独身寮だ。院内には国立の看護学校も併設されていたので、看護学生寮もあった。もちろんここも男子禁制のヒミツの花園だ。

仕事に慣れてくると、外来係はつまらなく思えてきた。隣の芝生は青く見えるものだ。

入院係の中井さんがうらやましかった。毎日、若い看護師がいる病棟へ行き来している。

外来診療室には、若い看護師はほぼいない。外来の看護師は日勤だけなので、子育て中か子育てが終わったおばちゃんばかりだった。それに比べ病棟勤務の看護師は、夜勤が多いため、師長以外は独身の若い看護師ばかりだった。

外来患者さんの対応が落ち着く夕方の時間帯に、小木さんが「ざいごうもん、院内巡視に行くぞ」と呼ばれて、用もないのに病棟巡回によく出かけた。

小木さんは、行く先々の病棟で必ず看護師に声を掛けられる。

金魚の糞みたいにくっついて行く僕は、どう見られているのだろうなんて、少し恥ずかしく思ったが、それも最初の頃だけですぐに慣れてしまう。小児科病棟、内科循環器科病棟、消化器科病棟、外科病棟、脳外科病棟、精神科病棟などなど、どの病棟も看護師は慌ただしく働いている。自由に行き来できないところは、精神科閉鎖病棟と手術室だけだった。

「どうだった。院内巡視は」と小木さん。

「いやぁー。院内は広いというのは分かっていましたけど、自分の足で歩くとより一層広く感じますね」と僕が答えると小木さんは「おめぇ、広さの感想なんか聞いてねぇよ。眺望だよ。綺麗なお花がたくさん咲いていたでしょ。綺麗なお花を見て楽しむか、摘んでおうちにもって帰って楽しむか。楽しみ方は人それぞれだけど、俺は、持ち帰りたいなぁ」

この人の頭の中は『アダルト雑誌』だと思った。それを妄想するのもまた、楽しい。

満月とは、隔週手紙のやり取りをしていた。その手紙に次のデートの約束をしたりしていた。

月に一度土曜日か日曜日に東京へ出かけた。新宿や日比谷で映画を見て、喫茶店で話をする。

代々木公園で竹の子族が踊っている姿を眺めたり、渋谷や原宿など若者が集うところには興味本位で積極的に出かけた。

満月は、柏崎にいるときから垢抜けてはいたが、東京に出てきてから都会的なセンスが身に付き、逢うたびにその美しさに磨きがかかっていった。

そんな満月と都会の街並みを並んで歩いていると、不釣り合いな二人を客観的に眺めている僕が存在し始めていた。

一九八〇年十月中頃の土曜日、いつものデートのように映画を観て食事をして代々木公園でふらふらして、喫茶店でお茶を飲みながら話をして、気づいたら夜の七時を過ぎていた。満月の女子寮は門限が午後八時だった。国電総武線の新宿駅のホームで千葉方面の電車を待っているときだった。

僕が、「急がないと門限に間に合わないかな」と言うと満月は、「今日は、叔母の家に行くと、外泊届を出してきたのよ」と言った。

今日の満月は、いつもの清楚な服装と違い、少し太めのデニムにトレーナー、スニーカーといったラフな格好だった。

「叔母さん家はどこなの。送っていくよ」

「吉祥寺」

「じゃ、逆方向じゃないか」

「でも、叔母には連絡してないの」

「えっ、じゃ、そこの公衆電話で電話したら」と僕が言うと、満月は僕の目をじっと睨むように見つめてから、公衆電話の方へ向かって歩いていった。僕は満月の後ろを歩く。

鈍い僕でも、満月の意図は察していた。

叔母さんの家に泊めてもらうのなら前もって連絡しているはずだ。親戚とはいえ直前に連絡するのは失礼だ。叔母の家に泊まるというのは、寮母さんに対しての口実なのは明らかだ。

しかし、僕は、あのお化け屋敷に満月を連れて帰る勇気がなかった。（さぁ、どうする、もん太）、自分に問いかけていた。

満月が受話器を持ち上げる。（どうするの。もんちゃん）と満月の背中が問いかける。

僕は、受話器を慌てて取り上げると満月の顔色を窺った。

満月は、ニコッと微笑んで、僕に抱き着いた。

僕は、こんな人混みの中で女性と抱き合うなんて初めてのことなので、体中の筋肉が硬直して指一本動かなくなってしまって、こういう状態を木偶《でく》の坊と言うのだろうと思った。

僕は、「ホ、ホ、ホテールに泊まろうか」と言うと、「ホテルはいや」と満月に断られた。

もう選択肢は一つしかない。お化け屋敷だ。

僕はホテルと言いだしたものの、ホテルがどこにあるのかも分からなかったし、ホテルのチェックインの方法も知らなかったので、また、恥ずかしい思いをするところだった。

「電車に乗っちゃおうか」と僕が言うと、満月は頷いた。

総武線各駅停車千葉行きに乗った。土曜日の夜だが新宿駅のホームは混雑している。満月の叔母の家がある吉祥寺方面から黄色い電車がホームに滑り込んでくる。千葉行きの黄色い電車からはたくさんの人が次々と降りてくる。黄色い電車は新宿駅で瞬間的に空っぽになる。僕と満月は電車に乗り込むと、座席の隅の方に肩を擦り合わせるように腰掛けた。

新宿駅から市川駅までは一時間ほど時間がある。電車の中でゆっくり話ができる。

「満月。ボクの部屋に泊まるつもりだよね」

「うん」

「たぶん、満月のイメージとずいぶん違うと思うよ。きったないよ」

「うん、いいのよ」

「部屋は一つしかないし、布団も一つしかないし、まぁ、満月が布団で寝て、僕が床で寝ればいいいんだけどね。それに、風呂もないよ。しかも汚い共同トイレだし、水洗じゃないいんだからね」

「うん、平気、平気」満月はとても楽しそうだ。

そんな話をしながら一時間はあっという間に過ぎた。

市川駅で下車し、路線バスに乗る。国立病院前のバス停は病院の正門のすぐ前にある。

僕は、周囲を気にしながら、満月をお化け屋敷に案内する。

誰にも遭遇せず部屋に入ることができた。部屋に着くなり満月は、ぐるりと見渡し、「結構綺麗にしているじゃない。それに、お化け屋敷には見えなかったわよ。ちょっと入り口が薄暗いけど、部屋に入れば全然普通じゃない」

高校生の頃から付き合っているけど、こんなに楽しそうな満月の表情を見たのは、初めてのような気がする。

僕は、さりげなく万年床を折りたたみ押し入れにしまうと、部屋干しの洗濯ものをわさわさと取り込んで押し入れに詰め込んだ。

「まぁ、座って」と僕が言うと、満月は、小さなシンクの前に立って薬缶に水を入れてガス台の上に乗せ火をつけた。

「お茶あるの」と聞かれた。僕は、満月の後ろ姿に見とれていた。満月の後ろ姿をぼうっと眺めながら僕の部屋に女性がいることの不自然さが、まるでテレビドラマでも見ているような、現実の世界でないような不思議な感じがした。

「あっ、お茶ね。お茶はないいな。コーヒーしかないいな」

「もんちゃんはコーヒー大好きだもんね。入れるからちょっと待っててね」と言いながらコーヒーを入れる支度をした。

それから、二人で近所の銭湯にタオルを二本持って出かけた。

午後十時に出ようと約束して、ゆの字の暖簾をくぐって満月は右で僕は左に進んで下駄箱にサンダルを入れてそれぞれの扉を開けて脱衣場に入る。番台の前で顔を見合わせ、満月は薄笑いを浮かべて、二百円を番台のおばあちゃんに渡して奥へ入っていく。

僕は、慌てる必要もないのに、急いで服を脱いで小走りで浴室へ向かい、浴室に一歩踏み出した瞬間滑って転んで尻もちをついてしまった。「イテテ」と恥ずかしい様子を隠しながら、ケロリン桶で股間を隠す。

午後十時五分前に銭湯の暖簾の横で満月が出てくるのを僕は待っていた。

すると、銭湯からの路地を真っすぐ抜け幹線道路の向かい側にある午後十一時まで営業しているスーパーマーケットから出てくる女性が目に止まった。

頭には白いターバンを巻いているからかなり目立つが、それが満月だとすぐに分かった。

「どうしたの」と僕が聞くと、

「明日の朝ご飯と飲み物を買ってきたの」

「わるいね」

「いいのよ。一晩お世話になるんだから」

お世話と言われても、こっちがお世話になるんだよな、なんて思っていても口には出さない。でも、きっと顔には出ているのだろう。（このスケベ）と満月の心の声が聞こえた。

「なんか、『神田川』みたいだね」と満月がいう。

「あなたはもう忘れたかしら。赤い手ぬぐいマフラーにして……」と小さな声で僕が歌うと、

「音痴」と満月が突っ込む。

「あのね、これでも高校の時はキャーキャー言われたんですからね」と返す。

「知ってる。でも、あれは、元木君が上手だったからじゃないの」

「うん。やはりばれてたか」

僕たちは、肩をぶつけ合い、ぷらぷらと歩きながらお化け屋敷に帰った。

部屋に戻ると、僕は冷蔵庫からおもむろに缶ビールを二本取り出し、「飲む」と満月に一本を差し出すと「私はいいわ。もんちゃん、テレビでも見て飲んでて、私やりたいことがあるの」と言うと、満月は、卵をゆでて、ジャガイモを小さな鍋で煮てポテトサラダを作ると、ハムとチーズを取り出し、食パンに挟んで皿にのせ、それをも

う一枚の皿で挟んでその上からラップを巻きプレス状態にして冷蔵庫に寝かせた。鮮やかな手さばきでサンドイッチを作った。

『さすがだなぁ』と普段見ることのできない光景に感動して見とれながら、一本目のビールが僕の乾いた喉を潤す。そして、二本目をプシュと開けると、満月が調理をしながら振り向き「一口ちょうだい」と言って、ゴクゴクと二口、喉を潤すと「ふぅっ、おいしい」と言う。

夫婦ってこんな感じなのかなと大人になり切っていない若造が生意気にもこんなことしていていいのかなとも思った。

でも、妄想していたことが現実に今この場で起こっているのだと思うと嬉しくなって、三本目のビールを開ける。

満月は、調理を終えると、「もんちゃん、ドライヤー貸して」と言って、銭湯から巻いてきたターバンを解き、濡れた黒髪を乾かしはじめた。ストレートな黒髪が和の美をより一層引き立てる。

生暖かい湿った空気がシャンプーの甘い香りを乗せて僕の鼻先を刺激する。

こんな経験、過去に一度もない。ざわつきながらも心地よい胸騒ぎ、落ち着けと自分に言い聞かす。僕は、躍り出さんばかりの心臓を抑え、テレビに夢中なふりをした。

今の僕にとっては、テレビで何が放送されているかなどどうでもよかった。

満月が髪を乾かしながら「もんちゃん。明日何する」と尋ねる。

「そ、そうだなぁ」と真っ白だった僕の頭の中に少し天然色がよみがえってきた。

「明日も良い天気のようだし、江戸川の河川敷ピクニックってどう。サンドイッチ持ってさ」

「それは、朝食の分でしょうよ」

「いいじゃないか、江戸川の土手で食べようよ」

「それもいいわね」

「すぐそこに里見公園があって、そのすぐ下が江戸川の河川敷だから、少し上流に向かって歩くと野菊の墓があって、矢切の渡しで川向こうに渡って、寅さんで有名な柴又帝釈天。こんなコースでどうでしょうか」

「柴又帝釈天って一度行ってみたかったの。映画のロケやっていたりして。楽しみだなぁ。じゃ、そういうことにして、寝ましょ」

再び僕の頭は真っ白になった。『寝ましょ』の満月の声が頭の中で木霊して、何度も繰り返して響いている。思わず卒倒しそうなめまいに襲われる。フラフラしながらも、僕は押し入れから布団を取り出し部屋の中央に敷き、まだ使っていない新しいシーツの袋を取り出すと、それを満月が僕から取り上げ、満月が敷布団を新しいシーツで綺麗に包んでくれた。

満月は「もんちゃんのＴシャツ貸して」

「あぁ」と僕は一番きれいそうなＴシャツを探し出して「これでいいかな。サイズはＬだけど」

「大きい方がいいのよ。着替えるから、ちょっとあっち向いてて」と言って、すすっと着替えをする音をバックに、僕は満月が今どんな格好しているのだろうかと妄想すると、少し酔いが回ってきている僕の脳裏に不健全な映像が浮かび上がる。

「はい。終わり」と声を掛けられ振り向くと、満月は、裾が膝上二十センチくらいのワンピースを着ているかのようだった。

Ｔシャツには『ＦＵＣＫ　ＹＯＵ』の文字がプリントされている。僕は、なんでこんなＴシャツを渡してしまったのかと自分が嫌になった。

満月は、決して豊満と言えない胸部だったが乳首が突き出しているのははっきり見て取れる、そしてうっすらと透けて見える下着がセクシーだった。僕は、鼻血と涎が流れ出るのを抑えるように鼻から下を両手で覆うが、瞳孔を目いっぱい広げて満月のＴシャツ一枚姿に見とれていると、「早く電気を消しなさい」と満月に往《い》なされ、部屋の蛍光灯を消して、テレビを消して、僕はラジカセでＦＭラジオを流した。

「汚い布団だけど満月がそこにネテクダサイ。ボクワトナリデモウフデネマスカラ」

僕は木偶の坊から宇宙人に変身してしまったようだ。

満月は、僕より先に横たわると、横幅三尺ほどの敷布団の右隅に体を寄せて左側の広く空いているスペースを左手でトントンとたたいて、「もんちゃんは、ここ」と僕を誘う。いけませんという僕の理性より、そこに横たわりたいという野性の方が圧倒的に勝っていた。

僕は、誘われるがままに横たわり、満月と顔を突き合わせる。こんなズームアップは付き合ってから初めてのことだった。満月の肌は透き通るように白くきめ細やかな肌だった。当然化粧なんてしていない。乾かしたての黒髪から香る甘い香り、FMラジオからはボズ・スキャッグスのウィ・アー・オール・アロンが流れていた。

しばらく見つめ合い時が流れるのを忘れる。

満月が、瞼を閉じる、僕は、今だと思い、満月の薄い唇に僕の唇をそっと近づける。初めての口づけだった。僕は、全身に電気が走るような衝撃だった。

しかし、満月は「ビール臭っさ」

「ごめん、三本も飲んじゃって（ゲップ）」

僕は、寝返って満月に背を向けた。すると、満月は僕の背中に顔をあて僕の体に纏わりつくように腕を回しぎゅっと抱き着いた。

「あったかい」と満月が囁く。満月は体温が低いのだろうか、僕の体温が高すぎるのだろうか、僕は背中に冷気を感じたが時とともにゆっくりと暖かくなっていく。

満月は、両脚を蛸のように絡めてきた。脚と脚が絡み合う感触も初めて経験した。満月の腟はすべすべでなめらかで、絹漉豆腐が人肌の暖かさだったらこんな感じなのだろうかと思った。

僕は、また、木偶の坊に戻ってしまった。僕は、催眠術にでもかけられたかのように全く動くことができなくなっていた。満月は、薄絹を纏ったかのように僕を優しく覆う。

僕はこの心地よさに酔い知れていた。これが極楽というところなのかもしれない。僕の脳裏には、湯銭で溶かしたチョコレートが渦を巻き、甘い香りを放ちながらゆっくりととろけてゆく映像が浮かんだ。そして僕もゆっくりと渦の中へ沈んでいった。


トントントンとまな板を叩く包丁の音が僕を現実に引き戻してくれた。目を覚ますと、満月が台所に立ち、調理をしている。僕は体を起こし時計を見る。午前七時三十五分だった。

（あぁ、やっちまった）

昨夜は調子に乗ってビール三本も飲んでしまった。アルコールが弱い僕には飲みすぎだった。

昨夜、蛸に絡まれてから記憶がない。あの後どうしたのだろうか。僕は、ＳＥＸの経験はまだなかった。だから、満月とは性交してはいないだろうと思った。だってやり方知らないんだから。

それでよかったのか、満月はそれなりの覚悟で僕の部屋に泊まったのに……怒ってないだろうか心配になった。

満月の調理している後ろ姿を眺めながら、自分が情けなく思えてやるせなくなった。

「起きた？　もんちゃん」やたら元気な満月の姿に僕は励まされた。

「もんちゃん、自炊できるんだ。お米も炊飯器もあるし、調味料も揃っているし、ちょっと驚きだな。ひょっとして、面倒見てくれる人がいるんじゃないの」とまるで母親のように話しかける。

「な、何言っているんだよ。オラは知ってのとおり両親共働きの家庭だったから、自分のことは自分でやるという環境で育っただけだよ。オラのカレーは絶品だぜ」

「じゃ、次に来た時に作ってもらおうかな」

「昨夜はごめん。オラ酔っぱらって先に寝てしまったみたいだね」

「ごめんて、何よ。バカ」と一蹴。

僕たちは、満月の作ってくれた朝食を済ますと、サンドイッチをリュックサックに詰め込んで、里見公園に向かって出かけた。

昨晩、計画したとおりにピクニックデートをする。

江戸川を上流に向かって歩き、矢切の渡し舟に乗り、柴又側の河川敷で満月の作ったサンドイッチで昼食を済まし、柴又帝釈天にお参りをして、参道のお土産屋さんを覗《のぞ》いたりして、夕方四時頃に京成柴又駅に着いた。

「今日は、お天気も良かったし気持ちよかった。楽しかったわ。ありがとう」

「オラも楽しかったよ」

「もんちゃん、そろそろ、そのオラって言うの、直した方がいいかもね」

「ボクもそう思う」

「なんか、ぎこちないけど、私にとっては、オラもん太って言っている方がもんちゃんらしいかも」

「ボクの職場の先輩に、小木さんっているんだけど、新潟出身なんだよね。赴任早々にあだ名付けられて『ざいごうもん』だぜ。まぁ、そのまんまだから仕方ないけどね」

「いいじゃない、親しみが湧くわ。その小木さんって、今度、紹介してね」

「うん。いや、会うのは良くないと思うなボクは」

京成柴又駅から電車に乗って、京成高砂駅で満月は上り方面で僕は下り方面で二人は別れた。

月曜日にいつものように出勤し、外来患者のカルテ出し作業を行っていると、小木さんが寄ってきて「ざいごうもんよ、聞いたぞ。噂」

「何ですか」

「おめぇの部屋に、綺麗な女の子が来ていたっていうじゃねぇか。どうなってんのよ、そこんところ」

「先輩、誰から聞いたんですか」

「そんなもん、こんな狭いところで、宿舎の住人も全員職員なんだし、バレねぇとでも思っていたのかよ。バカじゃないの。彼女か。いいねいいね。今度紹介しろよ」

「高校の同級生ですよ。幼馴染みと言うか。遊びに来ただけですよ」

「やったんだろ。どうなのよ。そこんところ」

「先輩だから、正直に言いますけど、ボクまだ童貞なんですよ」

「エェーーーッ。ドーテー」

「先輩。声が大きいですよ。シー」と言ったところで、もう遅かった。周りで作業しているお姉さま方が目を丸くして僕たちを見ていた。

「よし、俺が指南してやる。まかせておけ」と言って、忙しそうに作業を続けた。

宿直

病院勤めの事務官には宿日直があり、係長以上の職員と平職員の二人の組み合わせでシフトが組まれる。

国立国分病院は、救急指定病院なので救急患者を夜間、休日に受け入れなければならない。

突然訪れてくる患者もいれば、最も多いのは救急隊からの受け入れ要請の電話だ。入電すると、宿直の看護師長に取り次ぎ、看護師長は患者の症状を当直医に伝え、受け入れ可能か相談をする。

そして、受け入れることが決まると、患者さんの受付、カルテ作成、診療費の徴収といったことを事務官が行う。

十一月の某日、僕が宿直の午後十時頃のことだ。

ドンドンドン、施錠されている正面玄関の自動扉を激しく叩く音がする。

宿直室は、正面玄関のすぐ横に位置し、宿直室を挟んでその隣には救急診察室がある。

「おい、コラ、開けろよ。バカヤロー」と大声を上げる男の声が聞こえた。

一緒に宿直していた小俣《こまた》庶務班長から「西郷君、見て来いよ」と指示されて表の様子を見に行った。

救急診察室に控えている宿直の看護師長長も気づいたようで、「急患かしら」宿直室の小窓から僕に声をかけ、僕は「ちょっと、見てきます」と、正面玄関の手前にある救急専用出入り口の扉を少しだけ開け、正面玄関の方を覗き見る。

正面玄関の前には、白い高級外車が横付けされていて、派手な柄のシャツに白いズボンのポケットに両手を突っ込んで先の尖った白い靴を履いた小太りで丸刈り頭の男が、消灯した薄暗い正面玄関のドアを蹴飛ばしている姿が見えた。

もう一人、玄関の前に横たわり、左手に明らかに血の色とわかる赤く染まったタオルを巻いて、右手で赤く染まったタオルが巻かれた左手を押さえながら、苦しそうに横たわっていた。

「ううっ、いてぇよぉ。兄貴」と力弱い小声でうなっている。

「うるせぇ。我慢せえ、馬鹿野郎」と丸刈り頭の男が横たわる男の腹部を蹴る。

僕は、見た瞬間、ヤクザだと思った。どうしようかと戸惑いながら、ひとまず救急診察室に戻ろうとそっと振り返ると、看護師長が立っていて、「どうだった」と尋ねた。

「ヤクザですよ。ヤ・ク・ザ。二人連れで一人がケガしているみたいですよ」と看護師長と話していると、宿直室の小窓から小俣班長が「おい、おい、ヤクザなんて、勘弁してくれよ」

「でも、ケガしているみたいですよ。知らん顔できないのではないですか」と班長に答えると「西郷君に任せるから、おれ知らないよ」と小窓から顔を引っ込めてしまった。

看護師長に「どうします」と尋ねると「診ないわけにはいかないでしょう。もん太君、連れてきて」

そんなやりとりの間も「おい、コラ、誰か居ねーのか」ドンドンドンと続けている。

僕は、恐る恐る、救急出入口から表に出て、丸刈り頭に向かって勇気を振り絞って声をかけた。

「ど、ど、どうしました。ケガですか」

「おう、兄ちゃん。おるんなら、はよ出てこんかいな。急病人や。医者呼んで来いや」

「こちらから、どうぞ入ってください」と救急入り口を指さすと。

「こっちかいな、分っかりづらいのぉ」と言うと、横たわっている男の腹部を蹴り、

「おう、リュウジ、立たんかい。診てくれるよってに、もう少し辛抱せい」と声をかけ、丸刈り頭の男は、横たわるリュウジという若者を抱え上げようとする。

僕が「大丈夫ですか。車椅子持ってきましょうか」と言うと。

「いらんことせんでええ。若いもんを甘やかしちゃいかん。おぉ、リュウジ、己の足で歩かんかい」とリュウジを無理やり立たせ、リュウジの臀部を蹴り上げる。

リュウジは、丸刈り頭に肩を抱えられながらゆっくり歩いて救急診察室に入っていく。

リュウジは、看護師長に勧められ診察台に横たわる。

リュウジの額には脂汗が流れ、顔には数カ所の青あざと口元や目の周りは痛々しく腫れあがっていた。

リュウジは、「いてぇよぉ。兄貴」と力弱い声で繰り返す。

看護師長は、手に巻かれている血で染まったタオルを見るや否や「指落としたの」と問いかける。

丸刈り頭は、「事故やがな、事故。手のケガやがな。はよ、医者呼べや」と大きな声でリュウジが話し出そうとするのを遮った。

丸刈り頭は、イラついている様子だった。

看護師は当直医に電話して状況を説明している。当直医は幸か不幸か整形外科の医師だった。

僕は、医師が来るまでにカルテを作成しなければならない。

「あのう、この受診申込書を記載してくださいますか」と丸刈り頭にお願いした。

「おう、わし、字が書けへんのや、兄ちゃん代わりに書いてくれや」と見事に磨きのかかった頭に蛍光灯の明かりを反射させ、その頭部から僕に迫りくる。

「困るんですけど」と言うと、「なんやと。字かけへん言うとるやろが」と丸刈り頭は僕の顔を下から舐め上げるように見上げるとギラギラした目つきで僕の目を睨みつけた。

「は、はい。ボクガカキマス。名前を教えてください」

「カタギリカズミや」と小声で囁く。

「えっ、あの先ほど『リュウジ』さんと、呼んでいましたが、『カズミ』さんでよろしいのでしょうか」

「アホやな、片桐和美は、わしや」

「あの、患者さんの名前をお聞きしたいのですが」

「兄ちゃん、なめとんのか。リュウジの名前知っとるんやったら、わしに名前聞くなや」

丸刈り頭は、その風貌とカズミという女性的な名前のイメージの落差にコンプレックスを抱いていたのか、少し照れた仕草を見せた。

「あのぉ、下の名前だけでなくて、フルネームと住所と電話番号など他にも書かなければならないことがあるので、お聞かせくださいますか」

「そんなん知らんわ。おう、リュウジ、お前の苗字なにや」と痛みをこらえているリュウジにむかって大きな声で片桐が問いかける。

「……」

「おう、リュウジ。聞こえへんのか」

「……」

「おのれ、わしをなめとんのか。しばくぞ、コラ」と言うと、診察台に背を丸めて痛みを堪えて横たわっているリュウジの頭を殴る。

僕と看護師長は、「ちょっと、やめてください」と慌てて片桐に背後から抱き着き鎮めようとした。

そこに、整形外科医、合門《あいもん》先生が救急診察室に入ってきた。

合門先生は、身長百八十五センチ、体重百キロ超の巨漢で、そのうえ強面ときている。白衣を纏っていなければ、その筋の人に引けを取らない迫力がある。院内では、『泣く子も黙る拷問先生』で名が通っていた。まぁ、その風貌を見ればうなずける。

先生は、片桐の背後から派手なシャツの襟首をつまみ、引っ張ると、丸刈り頭は達磨のように転げてしまった。

「コラ、お前は、ここに何をしに来たんだ」と一喝する。

「なんやと、コラ」と片桐は、合門先生に向かって食ってかかろうとするが、先生の鋭い目つきと全身から放つ『お前らなんぞ束になってかかってきてもびくともせんぞと』と言わんばかりのオーラが、片桐を尻込みさせてしまった。

「患者は、この人だね。おいそこの禿《はげ》。邪魔だ。外で待っていろ。出ていけ」と先生が言うと、片桐はしぶしぶ救急診療室のドアを開け玄関に横付けしてある車の方へ向かって出て行ってしまった。

「カルテは」と先生が僕に尋ねる。

「ご覧のような状態でございまして、リュウジという名前であることしか分かっていません」

「じゃ、調べておくように」と僕に指示すると、リュウジを観察し、「全身レントゲン撮影が必要だが、まずは、左上腕だな」と呟きながら、看護師長に「シザー」といって鋏を受け取ると、リュウジの左手を覆っているタオルをジョキジョキと切り開き、血だらけの左手を看ると「第五指切断だな。切断した指はあるのか」とリュウジに聞くが、リュウジは、ほぼ失神状態で反応はない。

先生は、「さっきの禿《はげ》に、指あるのか聞いてきてくれるか」と僕に指示をする。

僕は、駆け足で外に出ると、片桐は外車のボンネットに腰掛けるようにして煙草をくわえながら、もう一人の若い輩と話をしていた。

僕は、なんだもう一人いたんだと思いながら、「あのぉ、先生が、切り落とした指はあるのか、とお尋ねになっているのですが、いまお持ちでしょうか」と恐る恐る聞いてみると、「そんなもん、あるわけないやろ」と片桐が答えると、もう一人の若者が「事務所に戻れば、まだあると思いますぜ、おじ貴」と答える。

「アホか。サブロウ。けじめに指詰めといて、元に戻して、どないすんねん」とサブロウの頭を殴る。

僕は、「わかりました」と言うと、「よぉ兄ちゃん、時間かかるんやろ。待っとれんわ、わし、帰るさかい、サブロウ、あと頼んだで」と言うと分厚い蛇柄の札入れをサブロウに投げ渡し、外車に乗り込んで行ってしまった。

僕は、慌てて救急診察室にもどり、先生に「指、ないそうです」と伝えると、そこには、看護師長の他にもう一人若い看護師がいた。

先生は、「今ならまだ復元できるけどな、しょうがないな。縫合するか」と言うと、看護師長に「オペ室に移ろう」とリュウジをストレッチャーに移し、先生と看護師二人は、手術室に向かって行ってしまった。

僕は、片桐がいなくなったことと、合門先生の貫禄に安堵し、心を落ち着かせると、受付がまだ終わっていないことに気づき、外に待っているサブロウを呼びに正面玄関に再び戻った。

サブロウは、僕と同じくらいの年代と思われる若者だが、パンチパーマを当てた大仏みたいな髪の毛に、背中と胸部に龍の刺繍が施されているスカジャンを羽織っていた。

僕は、サブロウを外来待合ホールの受付台のところに案内し、診療申込書を記載するようにお願いした。

「ここに、氏名、生年月日、住所、電話番号を記載してください」

「大倉三郎、昭和三十八年……」と書き始めたので、「またかい」と僕は三郎の頭を叩きたい気持ちを抑え、「違うんですよ。患者さん、リュウジさんのことを記入してください」

「あっ、兄貴の……」

「書き終わったら、あちらの救急診療室の隣の宿直室に持ってきてください」と言って、僕は宿直室に戻った。

宿直室では、小俣班長が、宿直室の中を檻の中のクマのように、うつむきながら行ったり来たり「こまった、こまった」と呟きながらそわそわしていた。

僕は、『こまたは、あんただろ』と口には出さないが、困った人だと思いながら、

「どうかしましたか」と尋ねると、「ヤクザが押し掛けてくるぞ。二人しかいないし、どうしよう。警察に電話した方がいいかな。こまった。こまった」と小俣班長は少々怯えている様子だった。

「はい、はい。小俣班長、後で僕が合門先生と対応を相談しますから、落ち着いてソファに座っていてください」と言うと、「あっそう、西郷君に任せた」と言ってソファにごろんと横になった。

しばらくして、大倉三郎が申込書を持ってやってきた。

氏名　安西竜二
生年月日　わかりません
住所　関東誠神会　市川事務所
電話　０４７３××××××

僕は、名前と電話番号がわかれば、後は何とかなるかと思い、「しょうがないな」とぼやきながら、この人たちは健康保険に加入しているのだろうかと疑問を抱きながら、「保険証はお持ちではないですよね」と尋ねると、大倉三郎は「保険証って何?」と聞き返してきた。

「では、自費になりますのでよろしいですね。保険に加入している場合は、後で保険組合などに請求していただければ、事業主負担分は返還されますので……」と説明したが、こういった場合は、健康保険の適用にはならないよなと思いながら、「まぁいいか。後で」と呟く。

するると、看護師長がやってきて、「もん太君。受付、終わった？」

僕は、申込書を見せて「これしか、分かりません。落ち着いたら本人に確認するしかありませんね」

「しょうがないわね」と言いながら、カルテに氏名と電話番号だけ転記すると、

「これからX線。骨折や打撲、内臓にも損傷の可能性があるみたいだから入院させるしかなさそうね。病棟の空室状況を確認しないと」とカルテを持って慌ただしく行ってしまった。

僕にとっては、入院した方が都合良い。入院となると身柄を拘束することになるから、診療費を取りにぐれる可能性が低くなるし、本人から話を聞く時間も確保される。宿直の仕事としても、翌朝になって入院係に引き継げば、入院係の担当と病棟の看護師が対応してくれるのだ。

宿直室の前にぼうっと立っている三郎が、「俺は、どうすればいい？」と聞くので、「入院になりそうなので、はっきりするまで待合室の椅子に座って待っていてください」

午前零時を回ったころ、夜間にできる検査を終え、入院することが決定した。看護

師長に連れられ三郎が病棟へ向かって歩いていく。

しばらくして病棟から戻ってきた看護師長に「お疲れさまでした」と僕は声をかけ、「お茶入れますから、当直室にどうぞ」

「あぁーあ、疲れた。じゃ、お茶いただこうかしら」と言って看護師長は当直室に入ってきた。

「小俣班長は?」

「もう、奥で布団の中です」

「困っちゃうわね、ああいう類の患者は」

「でも、すごいですね。先生も看護師さんも動揺しないというか毅然と対応されていますよね」

「そりゃそうよ。命も惜しくないとか言って虚勢を張っているだけで、痛みを感じる一個の人間でしかないのよ。じゃなきゃ、病院に来て治してくれなんて言わないでしょうよ」

「なるほどねぇ」と僕は感心して聞いていた。

「ところで師長さん。さっき救急室に来ていた若い看護師さんはどこの看護師さんなんですか」

するとと師長は僕を訝しげな目つきで見ると、「宿直のオペ看よ。日向葵《ひゅうがあおい》ちゃん。知らなかった」

「知らないですよ。看護師さんはたくさんいますし、まして、オペ室の看護師さんとは会う機会がありませんし。残念なことに」

「おや、おや。葵ちゃんのことが気に入った。かわいいからね。あんなかわいい子を病棟勤務にしたら、すぐ売れちゃうわよね」

「ということは、彼氏いない派ですか」

「さぁ、よく知らないけど、看護師はね忙しいから男っ気ない子が多いのよ。私みたいにいまだ売れていない師長だって多いでしょう。私だって若いときはイケてたんだからね。もん太君。どう」

「どうって。師長さんですか」と大きな声をあげてしまった。

「馬鹿ねぇ、葵ちゃんよ。じゃ、疲れたから仮眠しよっかな」と言って当直室の扉を静かに閉めて出て行った。

「葵ちゃんか、かわいいよなぁ」と独り言を呟く当直室の奥からは、「ゴォーゴォー」と高いびきが聞こえてくる。

「うるせぇなぁ、こりゃ、眠れねえな」とソファに横たわり、テレビを見ていたが、いつの間にか眠りに落ちていった。

気が付くと、テレビには朝のニュースが映っていて画面の左端には5時58分と表示されていた。

僕は、トイレに行こうと当直室の扉を開けると、外来待合ホールの長椅子に横たわって眠っている大倉三郎を見つけた。

僕は、トイレを済ませた後に大倉三郎に声をかけた。眠っている彼の肩を軽くゆすり「大倉さん」と声をかけると、すぐに目を覚まし、

「片桐のおじ貴から金あずかっているから、いくら払えばいいですか」

「入院したから退院の時でいいんですよ。そのために待っていたんですか」

「金払わねぇで帰るとおじ貴にぶん殴られるからよ」

律儀なのか制裁が怖いのかよく理解できなかったが、意外と真面目な青年なのだなと思った。

「退院まで何日かかるか分かりませんが、とにかく入院したことを安西さんのお身内の方に連絡して、病院に来ていただくよう連絡してください。私は医事課の西郷と申しますので、そこの受付と書いてある事務室におりますので私に声をかけていただければ対応いたします」と三郎に言い聞かせ、帰るように促した。

三郎を職員玄関から外に見送ると。ペコペコと頭を下げながら、病院を背にとぼとぼと歩いて病院の門を出て行った。

事務官は宿直明けであっても、午前八時半から通常通り勤務する。

いつものように、外来患者のカルテ出しをしていると、小木さんがつかつかと僕に寄ってきて、

「昨夜の宿直は大変だったようだね」

この人の情報源はいったいどこなんだろうと思うほどに、小木さんには院内の情報が瞬時に入ってくる。

「葵ちゃん。かわいい葵ちゃん。一目惚れしたんだって。隅におけないね、ざいごうもんのくせに」

「ざいごうもんは、関係ないでしょ」と僕が言い返す。

「まぁ、君には高嶺の花だね。かわいそうに」

「何でですか、ボクが誰を好きになろうが大きなお世話ですよ」

「それよりも、この前来ていた彼女とどうなってんのよ。その後やったの。ドーテー君」

「何もないですよ」

「そうだ、葵ちゃんは、オペ室だよね。オペ室と医事課で飲み会をセットしようかな。うん、グッドアイディアだね。よしよし」と言い残して小木さんはいそいそと医

事課を出て行った。

「ちゃんと、してくださいよ、先輩」と小木さんの背中に向けて叫ぶ。

事務官の勤務時間は午後五時までだ。代表電話の電話交換業務も五時で終了し、翌朝八時半までの間、代表電話は当直室で受けるよう切り替わる。

その日の午後六時頃、僕はまだ残業をしていた。すると当直室を通じて僕を名指しの入電があった。

「西郷というのはお前か」ずいぶん横柄な話し方だった。

「はい。西郷です。どちら様でしょうか」

「おう、昨夜は世話になったな。片桐や」

僕は、（えぇっ、なんでだよ）と思ったが、大倉三郎に僕の名前を教えていたことを思い出した。

「これからよ、親分がお礼参りに行くからよ。赤絨毯敷いて待っとけや」とプツリ。

僕は、混乱した。何をどうしてよいのか分からなくて、近くにいた小木さんに相談した。

「デイリだよ、お前、何かヤクザを怒らすようなことしたんじゃないか」

「小木さん、オラどうすんべ。隠れた方がよかんべか」

「もう、課長も班長も係長も帰ったしな。取りあえず、当直室に行こう」と、小木さんに連れられ当直室へ行くことになった。

その日の当直は、表《おもて》会計班長と浦《うら》補給係員だった。

このコンビを皆、オセロと呼んでいた。この二人は、囲碁好きで、当直室でよく囲碁を指して時間を潰していることが院内では有名であった。

小木さんは、表会計班長に経緯を説明した。

表会計班長は、「一応、警察に電話しておくか。万が一ってこともあるから。あと、入院している病棟の師長と、昨日応対した先生、看護師に連絡しておいた方がいいな。俺が、警察に電話するから、西郷君は合門先生に、小木君は師長と看護師に連絡してくれ」と指示をした。

警察は、刑事事件でないと動けない。『お礼参り』という言葉だけでは脅迫にならないとの判断で出動できないが、何かあればすぐ110番に電話することとなった。

僕は、整形外科病棟に赴き、合門先生に状況を伝えた。

合門先生は、「ハッハッハッ」と高笑いをすると、

「君、心配だったらここにいたまえ。何も起こらないよ。大丈夫」と笑い飛ばして病棟から出て行ってしまった。

整形外科病棟の師長さんも聞いていたが、少しも動揺する様子はない。

「西郷さん、その連中が来たら、安西竜二さんのお見舞いにこの病棟に来るだろうか

なってもらいましょう」

ら、ちょうどいいわ。入院申込書の保証人の欄の記載がまだなのよ、誰か保証人に

僕は、漠然とヤクザは怖いと思っていたが、医療現場の職員は肝が据わっているこ
とに驚くとともに安堵した。この人たちといると、ヤクザが怖くなくなってくる。

整形外科病棟の看護師の一人が、

「あなたが、西郷さん。小木さんと同じ医事課外来係ね。小木さんまだいるの?」と
話しかけられると、ちょうど、小木さんが病棟に入ってきた。

「よう、幸《さっ》ちゃん。今日は準夜なの」と小木さんが看護師に声をかける。

病棟勤務の看護師は、日勤は午前八時から午後四時まで、準夜勤は午後四時から午
前零時まで、夜勤は午前零時から午前八時までの三交代のシフト勤務である。

「幸ちゃん、こいつがこの前話した、ドーテーの西郷もん太」とドーテーの部分は小
さい声で棚橋幸子《たなはしさちこ》に紹介した。

「へぇー、聞いているよりイイ男じゃない」と幸子が僕のことをくるりと一周、舐め
まわすように見てから、

「今度、飲みに行こうか」と妖艶な眼差しで僕の目を見た。

「そういえば、確か、幸ちゃんは葵ちゃんと同室だったよね。看護師寮の……」と小
木さんが言う。

「そうよ。隣室よ。それが何か」

「幸ちゃん、ちょっと」と小木さんは幸子を僕から遠ざけると、こそこそと耳打ちをしている。

その様子を訝しげに見ていた師長が、「棚橋さん。やることあるでしょ」と小木さんと幸子を引き離すように割り込んだ。

僕と小木さんは、医事課に戻る途中、「幸ちゃんは、やめとけよ。あいつは、口と尻は軽いから」と僕に忠告した。

「それどころじゃないですよ」と僕はヤクザが来ることに浮き足立っていた。

医事課のドアを開けると職員は入院係の中井さん一人を残してみんな帰ったようで静まりかえっていた。

小木さんも「帰るよ」と言ったが、僕は必死にお願いしてしばらく残ってもらうことにした。

すると間もなく医事課の扉が勢いよく開き、当直の浦さんが飛び込んできた。

「来た。来たよ。ヤクザ。今、正面玄関に来て、もん太君をご指名だよ。早く、早く」と血相変えてまくしたてる。

僕は、引いた腰を小木さんに押され、「まいったなぁ」とこぼしながら、正面玄関に向かった。

正面玄関の前には、黒塗りの高級車と昨晩見た覚えのある白い外車、ほかにも三台の高級車が横付けされ、黒っぽいスーツ姿や派手なシャツを着た強面の輩が十数人整列している。正面玄関の横には時間外受付の小窓があり、その前に老人が杖をついて少し腰を屈めて立っている。その老人の右脇には黒服の体格の良い男が立ち、左脇には片桐和美が立っていた。片桐も今日はダブルの黒スーツを着ていたが、小太りな体型と丸刈り頭は隠せない。まるで、水戸黄門に助さん格さんだ。

僕は、恐る恐る彼らに近づいていくと、片桐が僕を指さして老人に何やら話しかけている。

僕は、老人の横に近づくと、

「わ、わ、わたしが西郷です。ご用件を賜ります」

老人は満面の笑みを浮かべながら「そうか、そうか。えらい世話になったそうじゃのぉ。迷惑かけたやろ。この片桐のどアホは、礼儀に欠けるところがある。すまんかったのぉ」と僕の背中をポンポンと軽くたたくと、杖をつきながら奥の病棟の方へ歩き出した。

すると、受付の小窓から表会計班長が「西郷君」と小声で呼び、「玄関前の車と整列している人たち何とかしてよ」とひそひそと話す。

その様子を察した老人は、「すまん、すまん」と言って体格の良い黒服の男に腕を払う仕草をすると、体格良い男は玄関前に並んでいる男の一人の頭を殴り、「お前ら目立つんだバカヤロー」と言うと十数人は車とともに放射状に散っていった。

　僕は、ゆっくり歩いていく老人と片桐を慌てて追いかけて「安西竜二さんの病室をご案内します」と声をかけると、老人は僕に笑顔で「分かっちょる」というと院内のことは承知しているという意味だったのだろうか病棟のある方へ進んで行く。黒服の男も追いつき、四人で整形外科病棟の方向へ向かう途中で老人は突然左に曲がった。

　老人が「お前は、ここで待っていろ」と黒服の男に長椅子を杖でトントンと叩くと、黒服の男は長椅子に掛けることなく、長椅子の隣で肩幅に足を広げ両手を背後に組んで直立姿勢で固まった。

　老人は、片桐に向かって、「おい、持ってきたか」と尋ねると、「あっ、すみませんと」言って玄関の方へ駆け出して行った。

「いつまでたってもアホはアホじゃ」と言って笑った。

　僕は、ふと天井からぶら下がっている標識を見る。小児病棟だった。老人は、杖をつきながらゆっくりと小児病棟へ入っていく。

　小児病棟のナースステーションに着くと、何故かそこには合門先生がいた。

　小児病棟は、診療科を問わず児童が入院する病棟なので整形外科の医師がそこにいても不思議ではない。

「合門先生。しばらくぶりですな」と老人は親しげに合門先生に挨拶をした。

「お体の調子はいかがですか。あまり無理をされてはいけませんよ」と合門先生が手を差し伸べて老人を椅子に腰掛けさせる。

「もう、わしも老いぼれでしもうて、若い者の教育が行き届かなくて、先生にはご迷惑をかけてしまって、すまんのぉ」と老人が合門先生に詫びを入れる。

「組長、医者は患者の生命を守ることが使命ですから、いかなる人間でも傷ついている人を目の前にして知らんふりはできません。しかし、人の手によって人を傷つけることは、もうやめませんか」と合門先生が老人に進言する。

「先生のおっしゃるとおり、わしも目を光らせているつもりじゃが、その目にも翳りが出てきてしまっているのかもしれんな。たしかに、もう切った張ったの時代じゃないからのぉ。戦後の混乱は遥か昔のこととなってしもた。今後、ますますわしらのような輩に対する風当たりも強くなるだろうのぉ」

そこに、片桐が頭皮から噴き出す汗を拭いもせず、一メートル四方の段ボール箱を抱えてやってきた。「遅くなりました、親分」と片桐は段ボール箱を抱えたまま組長の背後に立っている。

組長が、床を杖でトントンと叩く。すると、片桐は抱えていた段ボール箱をそっと床に置いた。

「先生、迷惑かもしれんが、これを使ってくれないかな。国立病院ということも君らが公務員だということも分かっとる。金銭を個人的に渡したい気持ちはわしにはあるが、君たちの立場もあろうから、こういう形でわずかだが謝礼をしたかったのじゃよ」

合門先生が、「中を見せていただいてよろしいですか」と組長に断り開梱する。中は、玩具だった。

「同じようなものをいくつか持ってきているので、運ばせるが、いいかな。それとも邪魔になるようだったら引き上げるが」

合門先生は病棟師長と一言二言かわすと、「お気遣いありがとうございます」とお礼を言うと老人に対して頭を下げた。

「子供は、宝じゃからの。はっ、はっ、はっ」と高笑いをして老人は病棟を後にした。

僕に、老人の隣に寄り添って玄関方面に歩く。

「あのぉ、安西竜二さんには面会しなくてよろしいのでしょうか」と僕は稚拙な質問をしてしまった。

老人は歩きながら僕に「君たち堅気の衆には、わしらのような存在が厄介者だと思うだろうが、わしらにはわしらとして必要なことをやっていると思っているのじゃよ。それが非合法なことであってもな。それに、西だの東だのと張り合っている時代も無くさないかん。日本人であれば日本を思う気持ちは同じということじゃよ。君はそう思わんか」

僕は「ハイ」としか答えようがなかった。

正面玄関にたどり着くと、そこに黒塗りの高級車が横付けされていて、黒服の輩が整列していた。「じゃあの」と言って老人は車の後部座席に乗り込み、一行は去って行った。

「ふぅー」とため息をつき、玄関横の小窓越しに表会計班長が「ご苦労さん」と労いの言葉をかけてくれた。

すると、片桐がバタバタと駆け足で外に出て行き、待っていた大倉三郎の頭を殴り「手伝えよ、バカヤロー」とトランクから段ボール箱を抱え出している光景が見えた。

医事課に戻ると、入院係の中井さんの隣に整形外科病棟の棚橋看護師が立って親しそうに会話をしていた。

僕に気づくと「ヤクザ、帰ったんでしょ。安西さんの保証人はどうなったの」と聞かれ、

「あーっ、すっかり忘れていた」

幸子に「役立たず」と言われて、僕は股間に視線を落とし、うなだれた。

音信不通

僕は、高校生の時に麻雀を覚え、下校途中で元木君の家に上がり込んではよく麻雀をしていた。

その元木君から安く譲り受けた麻雀牌を持っていたことから僕の部屋で卓を囲むようになった。

特に、三度の飯より遊び好きという上司の園田係長が率先し面子に加わっていた。僕の部屋は雀荘と化した。『雀荘もん太』という張り紙を誰かが僕の部屋のドアに張り付けた。

園田係長は、麻雀に限らず、競馬、パチンコ、競輪、競艇、オートレースなんでもござれだ。僕のギャンブルの師匠でもあった。

ギャンブルのみならず、遊びに出掛けるのが大好きで、僕らのような若い職員の面倒見が良かった。

園田係長や小木先輩のおかげで院内の職員の知り合いが増えていった。

看護師のみならず、厨房の職員や、ボイラー技士などの現場職員とも顔見知りになっていった。

事務官は、院内のいろんな職場の人を知っておくことが大切だと、園田係長や小木先輩を見て学んだことだ。

小木さんは、ただの女好きにしか見えなかったが、女性と仲良くなる術は天性のものなのか、老若かかわらず女性の好感度は抜群だった。

園田さんは、とにかく遊ぶのが好きだった。楽しめれば何でもやるといった勢いに圧倒された。

僕が二年目の夏、海水浴へ行く計画をたて、園田一家と一緒に医事課の職員三人に小木さんが誘った棚橋幸子が後輩看護師二人を引き連れ、都合十一人で出かけた。

茨城県にある大洗《おおあらい》の海水浴場だった。

公務員二年目になると、少し金銭的な蓄えも出来てきた。僕は、安いポンコツセダンを購入した。

ポンコツであっても、マイカーを持つことは自分にとってのステイタスであった。

そのポンコツセダンでの初の遠出が大洗海岸だった。

園田係長のワンボックスカーに家族四人、小木さんの紫のスポーツクーペに看護師三人、僕のポンコツセダンに俊哉さんと健四郎の三人が乗車し、三台連ねて海水浴場へ向かった。

「なんで、小木さんの車に女三人乗るんだよ」と文句を言いながら走り出す。

その日は、真夏日で降り注ぐ太陽光がポンコツセダンのボディを煙が舞い上がりそうに焼きつける。エアコンなんか装備されていないから、窓全開で走行するが、乗っているのが野暮な男三人だから車内の鬱陶しい空気は風とともに流れては行かない。

しかし、目の前に太平洋の大海原が映し出されると気分は一気に爽やかになった。

海水浴場に着くと、駐車場に車を止め、園田係長を先頭にぞろぞろと浜茶屋に入っていく。

「よぉ、きたぞー」と園田係長が浜茶屋の主人らしき人に声をかける。

「おぉー、待ってたぞ。皆さん、どうぞ、どうぞ、上がってください」と浜茶屋の主人が僕たちに声をかける。

園田係長は、どんだけ顔が広いんだよと感心した。

浜茶屋の一番眺めの良い前方のテーブルに予約済みの札が置かれていた。

「まずは、ビールだな」とみんな飲み物を注文し、喉を潤し、落ち着いたところで、

「じゃ、着替えるか」と言って園田係長はその場で服を脱ぎ、裸になってしまった。

「園田さん、女性がいるんだから」と僕が言うと、奥さんが、「こういう人なのよ。ごめんなさいね」と看護師たちの方を見て、微笑みながら会釈をする。

「看護師は、こんなもん見慣れているだろうよ。なぁ」と看護師に同意を求める。

「あら、お尻しか見えなかったから、ちょっと残念ね」と幸子が言うと、

「じゃ、もう一回脱ごうか。見てビックリすんなよ」と園田係長が返す。

「奥さんの前で、よくそんなこと言えるわね」と幸子が呆れた顔をする。

看護師たちが更衣室に向かっていくと、小木さんもそれにくっついて行く。遅れて僕たち男三人もついていく。

更衣室は、板張りの簡易な造りで、通路を挟んで五つずつ個室が並んでいた。男女の区別はないが、内開きの扉だったので使用中か否かは一目で分かるようになっている。内側から閂《かんぬき》錠がかかるようになっており、女性は安心するだろう。

空室が無かったので、順番待ちをしていると、先に着替え終わった小木さんが寄ってきて、

「この更衣室、隙間だらけだぞ」と嬉しそうな笑みを浮かべて僕に耳打ちする。

小木さんの着替えた更衣室に入り、囲い板を眺めると確かにわずかではあるが、板と板の隙間がある。顔を近づけ隙間を覗くと隣室が見えた。隣には、ビキニ姿の女性がいた。着替え終わったところだった。彼女が出て行くと、健四郎が入ってきた。なんだよ、面白くねぇなと思いつつ、さては、小木さんは、彼女の裸身を見たのか、と思うと腹立たしくなってきた。

更衣室に長居しても怪しまれると思ったので、慌てて着替え更衣室を後にした。

「小木さん、見たんですか」

「ウッシッシ」と小憎らしく笑う小木さん。

「なんで、小木さんだけいい目をみるかなぁ」と愚痴る。

それから僕たちは、浜辺でビーチボールをついたり、健四郎を砂に埋めたりして遊び、はしゃぎまわった。あっという間に夕方になる。楽しい時間は儚いものだ。

みんな帰り支度をし始め、期待して更衣室に向かったが、帰りはシャワーと更衣室は行列ができている。男どもはあきらめて、シャワーだけ浴びると、浜茶屋の背後でさっと着替えることにした。

帰りは、渋滞するし、はぐれることも考えられたので、三台連ねて帰ることは避けて、その場で解散することとした。

乗車メンバーは残念ながら行きと一緒だった。

病院に向けて走っていると、俊哉さんが「つまんねぇな。不完全燃焼だよな。三人で遊びに行こうか」と言いだした。

僕は、「いいですけど、僕は酒飲めませんよ。運転するから」

「酒飲まなくていいから、風呂入りに行こう」と俊哉さんが言うと、健四郎が「いいですね」と同意する。

僕は、「風呂なら病院で入ればいいじゃないですか」と答える。

「まぁ、いいから、俺が道案内するから、もん太ちゃんは、運転してればいいから」

「ところで、もん太ちゃんはまだドーテーなの」と唐突に俊哉さんが聞く。

「まぁ、そうですけど」と答えると、

「彼女とはやってないの。セックス」

僕は顔を赤くして「やってないどころかしばらく会ってもいませんよ」

「そうなんだ、女はやらなきゃだめだよ。小木さんからも、もん太を男にしてやってくれと頼まれていたんだよ。これから筆おろしに行こう。この前、健四郎を連れて行ったら、もう喜んじゃってさ。なぁ、健四郎」と後部座席に座っている二人をルームミラーで確認すると、二人が肩を組んで嬉しそうな顔をしている。

三人を乗せたポンコツセダンは、その車には似つかわしくない淫靡なネオン街に消えていった。


そこそこに忙しい仕事と、職場仲間とともに遊んでいる日々が楽しくて楽しくて、満月のことを忘れがちになっていった。

お化け屋敷に満月が来てから一年が経とうとしていた。

その後も手紙のやり取りをするが、僕は筆不精なものだから、たまにすっぽかす。

毎週来ていた手紙が、一週おきになる。一カ月おきになる。二カ月来なくなる。

そして、毎回可愛らしかった封筒から、突如無地の白い封筒に変わった。

その封筒を受け取ったとき、僕は瞬時に手紙の趣旨を感じ取った。

西郷文太様
お元気ですか。

私は、元気です。

あなたは、私のことをもうお忘れになってしまったのでしょうか。

電話を掛けようと受話器を取っては、ダイヤルを回す勇気がなくて受話器を置いてしまうことも幾度となく繰り返してきました。

私ま、あなたからの手紙を待ち続けるのに疲れました。

どうやらこの辺で、距離を置く時期なのかもしれません。

私たちはまだ若すぎるのかもしれないですね。きっと。

お互いに、まだまだ経験して知らなければいけないことがたくさんあるのだと思います。

だから、私は手紙を書くのもこれで最後にしようと思います。

また、いつかどこかでお会いしましょう。

さようなら。

宇佐美　満月

手紙を読み終えると、僕は自然と涙が零れてきた。

僕は、目先の楽しいことだけに時間を費やし、僕のことを思っていてくれた大切な人に対し何と失礼なことをしたのかと思うと、自分の愚かさに腹立たしくなった。

いっそ、『このバカヤロー』とか『大嫌い』とか書いてあれば、僕の気持ちの整理もできるのに、中途半端なこの思いをどこにぶつけてよいのか分からなかった。

僕は、居た堪れなくなって、次の休日に青戸の満月の寮を訪ねることにした。

僕は満月の寮に行ったことがなかった。住所を頼りに探した。

寮の前に着くと、インターホンのボタンを押し、寮母さんと思われる人が出てきた。

「すみません。宇佐美満月さんにお会いしたいのですが」

寮母さんは訝しげに僕を見ると「宇佐美さんなら、先週、直江さんとアパート暮らしをするといって退寮したわよ」

「どこへ転居したか教えていただけませんでしょうか。ボクは高校の同級生で怪しいものではありません」と寮母さんに懇願したが、教えてもらえなかった。

満月と直接会って話をしたかった。

それを何故今まで思わなかったのだろうか。いつでも会おうと思えば一時間もかからずに行くことができる距離なのに……。

恋慕う間柄というものは、直接会って話をし、一挙手一投足を見て感じてお互いの心の内が通じ合っていたいと思い願うから成立するものなのだろうか。

結局、僕は満月のことを愛していなかったのかもしれない。

愛とはいったい何なのか、自分に愚問を投げかけるが、答えの出ない苛立ちに自分を愚弄することしかできなかった。

僕は、愛情と友情の分別がつけられないほどの低俗な未熟な人間なのだ。

とうとう満月とは音信不通となった。

あおい

一九八二年四月。僕は、上京して三度目の春を迎えた。

僕は、外来係から入院係に配置換えとなった。

外来係の仕事とは異なり、ほぼ一日着席してデスクで入院患者の検査、手術、処置、処方といった医療行為の伝票を整理してレセプトを作成する業務だ。

入院係は、係長を含めて四人とこぢんまりしていた。

病棟は概ね診療科別に十二棟あり、それを業務量に応じて四人で割り振って担当していた。

外来係と異なり病棟のナースステーションとの行き来をすることが多くなった。

当然のことながら、病棟勤務の若い看護師との交流も深まることとなった。

看護師との交遊関係を指南してくれた小木さんは、本省に出向してしまった。

僕は、公私ともに頼りにしていた兄貴分を失って残念だったが、係も替わって心機一転、初々しい気持ちで仕事に当っていた。

事務官は、二、三年のサイクルで人事異動が行われる。部長や課長の幹部や、班長、係長にしても同じだ。他の病院との人事異動が四月に行われるのが慣例であった。そんな、係員だった者も昇任試験の結果、係長に昇任して他の病院へ異動する。そんな、玉突き人事でまた新人が採用される。

外来係には、石田茂《いしだしげる》さんが採用された。年は僕よりも二つ三つ上だったが、気さくな人ですぐ打ち解けることができた。

石田さんは、小木さんとは外見は全く違うタイプだったが、女性とすぐ仲良くなるところは似ていた。

石田さんは、お化け屋敷に入居した。僕の二戸隣の部屋だった。

石田さんの部屋でよく酒飲みが集まってきて、飲み会が開かれた。特に看護師や検査技師の女性職員が顔を出すので若い男性職員も呼びもしないのに集まってきていた。

お化け屋敷は、夜な夜な『居酒屋いしだ』と『雀荘もん太』で賑わっていた。

一九八二年七月下旬、『居酒屋いしだ』での宴会がお開きになり、外で飲み直そうと石田さんと健四郎と僕の三人で病院の近くにあるバーへ出かけることになった。

その店には、病院の職員がよく通っていて、カウンター席が七席しかない小さな店だった。

店のドアを開けると、女性客が二人とマスターの三人だけだった。「ラッキー。席空いていているよ」と石田さんが千鳥足でふらつきながら店に入っていくと、奥から二席女性が腰掛けている隣に座るなり、「ボトルちょうだい」とマスターに頼み、マスターは「インゲル・ステンマルク」と名札に書かれているスコッチウィスキーのボトルをカウンターに置いた。

どうやら、石田さんはこの店の常連のようだ。

マスターは、ロックグラスを三つ並べると、丸く大きく成形された氷を一つずつグラスに放り込み、ウィスキーを注ぎ始めた。

石田さんは、「すこっしね、すこっち。高い酒だから」とくだらないダジャレにマスターは耳を貸さずに、グラスの底から指二本ほどの高さまで注いだ。

石田さんは、隣に掛けている女性に寄り添うように上半身を斜に座り、「こんにちは、ふたりでお仕事おつかれさんね。うぃっ」とかなり酔いが回ってきているようだった。

僕は、入り口近くの一番端の席に腰掛けていたが、石田さんの様子が危なっかしく思ったので、「ごめんなさい。からんで」と手前に掛けていた女性にお詫びすると、「いいのよ。茂ちゃんはいつものことだから」と答えてくれた。

石田さんとこの女性は知り合いなのかと気づくと、

「石田さん、知り合いですか」

「あれぇーっ、もんちゃん知らないのぉー。このお姉さまはね、検査科の十条《じゅうじょう》かなえちゃん。隣にいるのが、えぇーっと、誰だっけ……」と話の途中でカウンターにうつ伏せになってしまった。

僕は、十条さんに「存じませんで、失礼しました」と挨拶し、隣に腰掛けている女性にも挨拶しようと顔を上げた。

「あっ、日向さんですよね」

「はい。ひゅうがあおいでぇーす」とやたら明るくハイトーンボイスで両手を上に逆さ八の字に広げてニコニコと可愛らしく答えてくれた。

十条さんが「この子、オッペケペー室のマドンナ。知ってるのぉー」

「はい、お見かけしたことはあります」と言うと、僕の胸の奥がバクバクと音を立てて高鳴り、顔面が紅潮していることを感じた。

十条さんは、「コラ、石田茂。しっかりしてよ。起きなさいよ」と石田さんの頭をパーンとたたき、石田さんが「んんっ、帰る」と言うと「今、来たばかりじゃないの、まだ、お昼前よ」と十条さんと夫婦漫才みたいな掛け合いで会話を始める。

「石田さん、この『インゲル・ステンマルク』って何ですか」

「おっ、知らないの。スンゲェ、メジャーなアルペンスキーヤー。知らないの、ほんとに。残念だなぁ、ステンマルクもまだまだだねぇ」

「石田さん、スキーが好きなんですか」

「それ、ダジャレ、ハッハッハッ。レベルが低いね。ダジャレというのは、スコッチウィスキーをすこっちください。なんていうのがね、高尚な駄洒落なのよぅ。ウィッ…スキー、なんちゃって」

　僕は、女性二人のグラスが空きかかっているのに気づき、ウィスキーのボトルを手に取り注ごうとすると、

「私、バーボンしか頂かないの」と日向葵がグラスを小ぶりな手のひらで塞いだ。

「バーボンですか。かっけー」と僕は言ったが、可愛らしい顔をして生意気な女だなぁと思った。

　午前一時を回ると、みんなヘロヘロ状態になり、一番シャキッとしていたのが葵だった。

「私、お酒飲むと楽しくなるけど、ボトル一本ぐらい飲んでも何ともないよ」と豪語した。

「ボクは、下戸で、たしなむ程度です。飲んでいるふりしていますけど、ほとんど飲んでないんです」とフラフラの石田さんと十条さんに肩を貸しながら病院へ向かって

歩く。

「あれ、健四郎はどうした」と僕が言うと「まだ飲んでいるっていうから置いてきちゃいましたぁー。キャキャキャキャ」と飛び跳ねておどける葵。

「あのぉー。今度よかったら、石沢さんの部屋でよく飲み会やっているし、僕の部屋は雀荘みたいになっているから、遊びに来てみませんか。職場仲間とか看護師さんもたまに来ていますから、心配はいりませんからどうぞ」と誘ってみた。

「知ってまぁーす。院内では有名ですよ。西郷もん太。たくさんの看護師が目をつけているから、気を付けてね。もーんちゃん。もーんちゃん」葵もかなり酔っぱらっている。

十条かなえは、年のころは二十七、八歳くらいと思われ、細身でタイトなシャツを着ていたからなのか程よく突き出している胸部が僕の目には眩しかった。日向葵は、年のころは二十四、五歳といったところだろうか、十条かなえに比べると胸部が寂しく映ったが、小顔で瞳はパッチリしていて可愛らしかった。

手術室と検査科は、外来棟と入院病棟の中間に位置し、手術で取り除いた検体を検査科に持ち込むなどの必要性からなのか同じフロアに中央廊下を挟んで向かい合わせにある。

そのような仕事上の関係で、十条かなえと日向葵は仲が良くなったのだろうと僕は推察した。

手術室の勤務形態は、事務官とほぼ変わらず、日勤と宿日直であることから、ちょくちょくお化け屋敷に顔を出すようになった。

特に、『雀荘もん太』に姿をあらわし、麻雀をするわけでもなく、僕の後ろに張り付いて、「この白いの何」と聞く。僕は、「これはパイパン。すべっとしていて触感がいいんだよ」

「この丸い模様は何」

「それは、チンポの輪切り。さすがにオペ室でも見たことないか」

「下ネタかよ」と囲んでいた俊哉さんが突っ込む。

葵は、ほんのり赤ら顔で困った表情を浮かべ、

「バカじゃないの」と僕の背中を思いっきり叩いた。

葵は、麻雀を覚えて囲みたいのかなと思いきや、麻雀にはあまり興味を示さず、お茶を出してくれたり、灰皿を綺麗にしてくれたり、雀荘でアルバイトをしている店員みたいに、頼みもしないのに気を利かして動いてくれた。

たまには、『居酒屋いしだ』に看護師寮の隣室の棚橋幸子に連れられて来ては、「私、バーボンしか飲まないの」と言って石田さんを困らせていたようだ。

一九八三年二月。石田さんがスキー旅行を計画した。

土曜日、日曜日の一泊二日で群馬県の草津国際スキー場に行くことになった。メンバーは、検査科の十条かなえと赤羽留美子《あかばねるみこ》、看護師の棚橋幸子と日向葵の四人の女性と、石田さん、中井さん、阿藤さん、そして僕の男四人の都合八人で、石田さんの四駆車ツインターボと僕ポンコツセダンの二台に分乗して草津に向かって金曜日の深夜に病院を出発した。

草津には、国立療養所があり、石田さんの知り合いを通して療養所の宿泊施設に安価で泊めてもらうこととしていた。

草津温泉に到着したのは、土曜日の午前八時頃だった。

冬の草津は昼間でも氷点下の気温であり、積雪は一メートル程度とあまり多くはないが、氷点下の環境がスキーヤーにとってはベストコンディションの雪質を保ってくれている。

あちらこちらから温泉の湯煙が白く立ち昇り、その白さがより一層寒冬を感じさせてくれる。

草津の療養所に着くと、石田さんが療養所の職員に菓子折りを持って挨拶をし、宿泊所に案内してもらった。

そこは、草津の温泉街から少し離れた山中にあり、古民家のような木造藁葺き屋根の大きな農家の母屋を思わせ、建物は古いが頻繁に使用していないのであろうか、居室の畳は表替えをしたばかりのように新しくきれいだった。

十畳間を二部屋、男女に分けて部屋を用意してもらったが、襖を隔てた隣室なので行き来しようと思えば簡単にできる状況にあるが、盛りのついた年頃の獣四人が夜な夜な子羊四頭を襲うかもしれない危険性を余所に、女性四人も野獣どももそんな気配を感じさせない。

そこのところは野性よりも理性を重んじる大人の信頼関係で保たれているのだろう。あまりにも古い造りの建物なものだから、普段お化け屋敷に住んでいる僕でも霊気を感じ、少々怖い気分だった。

女性たちは、僕たちにも増してそのように感じたらしく、スキーウエアに着替えた後には、「この襖、開けておきましょうか」と十条さんが襖を全開にすると、二十畳の大広間になった。少しの解放感が、みんなの恐怖心を和らげてくれたような気がした。

宿泊所からスキー場までは車で三十分ほど、さらに移動する。

白く湯煙が立ちこめる温泉街の横を通りぬけ、本白根山の麓に到着する。草津国際スキー場の最下部にある天狗山スキー場の駐車場に車を置き、スキーを担ぎリフトへ向かう。

僕は、新潟県出身なので、幼い頃よりスキーに馴染んでいたが、大きなスキー場で滑走したことは二回しか経験がなかった。

石田さんは、自称ステンマルクと言うだけあってスキーの腕前はプロ級のようだ。阿藤さんも中井さんも十条さんも赤羽さんも棚橋さんもそこそこ経験があるようで、初心者は、葵と僕の二人だけだった。

天狗山のスキー場のリフトから本白根山の中腹まで登るとそこから、標高二千メートルの山頂まで一気に登るロープウェイと小高い山に登る数本のリフトがある。

石田さんは、選択の余地なく「山頂まで行くロープウェイにはこっち、こっち」とみんなを先導してさっさと行ってしまう。

葵は、スキーを履くのが二度目という僕以上の初心者だったものだから、中腹に来るまでのリフトに乗るのも手こずるありさまだった。

僕も何とか中腹までには到着したが、山頂まで登って滑走する自信がなかった。

ロープウェイの搭乗口に、『これより先は、上・中級者のみ滑走可能です。初心者はご遠慮ください』との立札を見て僕は尻込みをした。

石田さんは、「大丈夫だって」と言うが、斜度三十度近い斜面を滑走することがどんなに困難なことなのか僕は知っていた。

僕の通っていた高校では授業の一環として湯沢のスキー場で二泊三日のスキー旅行を行っていた。

その時に、友人に誘われるがままに山頂まで登ったことがある。

山頂から滑り始めてしばらくは緩やかな斜面が続き、山頂なので気温が低く雪質もパウダースノーと絶好のコンディションだった。このパウダースノーというものがくせものだ。上質なコンディションのゲレンデは、滑走技術を持ち合わせない初心者でもいとも容易くスキー板が思うようにカーブを切ってくれて、スキーは簡単なものだと錯覚させる。しばらく調子に乗って滑走していると、突如、絶壁が大きな口を開けて待っていた。

斜度三十度か三十五度だろうか。僕は、上からのぞき込むと背筋に寒気が襲う。僕には、直角にしか見えないこんな斜面を下れるだろうかと恐る恐る谷の方にスキー板の先を向け、「行くぞ」と自分に合図を送り、滑り出した。すると、その斜面は今までのパウダースノーとは打って変わって、アイスバーンだった。

僕は滑走した数秒後には、スキーではなく、背中で滑走していた。どうしてよいのか分からないまま、斜度の緩い斜面まで一気に背中で滑走した。無理に姿勢を変えなかったのが功を奏したのであろう、僕は擦り傷一つ負わず無事だった。

そのようなトラウマがあり、スキー上級者の言う『大丈夫』は悪魔の囁きだと僕は思っている。

「日向さん、山頂まで行ける？」と僕が尋ねると、

「ムリ」と即答。

「石田さん、僕と日向さんは、この初級者コースで滑っていますから、皆さんはどうぞ山頂へ行ってください」

「取りあえず、一本滑ってくるから、そこのロッジで正午に落ち合いましょうか」と石田さんが僕に告げ、六人はロープウェイに乗って山頂に向かった。ロープウェイは一台定員六人なので、ちょうどよかったのかもしれない。

僕は、葵と二人の方が嬉しいし、なんて思いながら、おぼつかない足取りで、一所懸命前へ進もうとするが、全然前に進んでいないスキー板と苦戦している葵のもとへカッコよく滑っているつもりで寄って行くと、彼女の前でドテッとこけた。

僕は、初心者コースで葵にボーゲンの手ほどきをした。

スキー初心者にもレベルがあって、僕は緩やかな斜面であれば辛うじてパラレルターンができるくらいのレベルであったので、ボーゲンの基本的な滑り方を教えることはできた。

自分の二本のストックを互い違いにストラップとリング部分をくぐらせ、それで腰を挟むと両手がフリーになる。そして、斜面に背を向けてかがみ、葵のスキー板の先端を押さえながら、

「左膝を曲げて体重を左に足に乗せる。ほら、右に向かって曲がった。次は逆に、右膝を曲げて右足に体重を乗せる。左に曲がったでしょ。それと腕は、曲がろうとする反対の腕を前に出すようにすると足に体重が自然と乗るから腕を前に出すことを意識して」と指南する。

手取り、足取り、腰取り、尻取り、実践密着型スキー教室だ。

「うわぁー、不思議。私にもできる」と葵は感動していた。

少し一人でも滑れるようになると、僕が彼女の背後に張り付き、二人合体状態でゆっくりとボーゲンで大きな曲線を描くように滑る。僕は、股間の膨らみを感じ、「やべぇ」と心の中で「縮まれ、縮まれ」と呪いながら、葵との個人レッスンを楽しんだ。

気が付けば十一時半を回っていた。「集合時間より少し早いけど、みんなより先にロッジに行ってようか。疲れたでしょう」

「賛成。もう、クタクタ。休みましょうよ」と葵が同意する。

ロッジに入ると混雑はしていたが、お昼前だったのでまだ空席があり、ロープウェイ乗り場がのぞめる空席が見つかった。

僕と葵が身に着けていた帽子や手袋などを目印に八席分の席を確保した。

みんなが集まるまでの間、取りあえず温かいコーヒーを飲みながら待つことにした。

「日向さん、スキーは、二度目だそうだけど、一回目はいつ行ったの」

「看護学生の頃よ。山形出身の友達の実家がスキー場の近くで民宿を営んでいるの。友達四人で行ったのよ」

「すると蔵王かな。樹氷で有名な蔵王だよね」

「そのような地名だったかな。よく分かんなぁーい」

「蔵王は、雪質もいいらしいね。ボク行ったことないからよく分からないけど。雑誌とかで樹氷の写真とか見たことない？」

「そうなの、私、地理とか得意じゃないのよね」

「スキーは、どうなの。滑れるようになってきたし、楽しいでしょ」

「私、運動はあまり得意じゃないのよね。筋肉ついてないのよ。特に太ももとか脹脛《ふくらはぎ》とかふにゃふにゃよ」

「ええっ、そうなんだ。じゃ、つかれたでしょう」

「もう、いっぱい、いっぱいよ」

「じゃ、何で今回参加したの」と僕は不思議に思って聞いてみた。

「十条さんから西郷さんが参加すると聞いたから」

「ヒ、ヒ、ヒュウガサン、ソレハ、ドウイウコトデスカ」と少し緊張しながら聞くと、

「そういうことよ」とあまりにストレートなカウンターパンチは、一撃で僕をマットに沈めた。

「あのね、その、日向さんっていう呼び方やめません。わたしもこれから『もんちゃん』って呼んでいいでしょう」

「ボクハ、カマイマセン……」

僕は、頭をゆすりながら、マットからふらつきながらも立ち上がった。

「日向葵って綺麗な名前ですよね。ひまわりですよね。ご両親のセンスは素晴らしいですね」

「センスなんてよくないわよ。そのままじゃない。私は、小学生の頃から、『ひまわり』って言われ続けているんだから、早く、苗字を変えたいのよ」

「僕なんて、もんただよ。さいごうもんた。先輩には、『ざいごうもん』なんて呼ばれてさ、恥ずかしのなんのって」

「『ざいごうもん』ってどういうことなの」

「新潟の方言で『田舎者』ってことだよ」

「いいじゃない、愛嬌があって、こっちの人には何言っているか分からないから、恥ずかしがることないじゃないの。ね、もんちゃん」

「そうかな、僕は恥ずかしいんだけどね。じゃ僕は何て呼ぼうかな」

「呼びたいように呼べばいいわ。『葵』でも『お前』でも」

「じゃあ、『葵ちゃん』でいいかな」

「いいわよ。呼んで、呼んで『あ・お・い』って」

「そう言われると、なんか、照れ臭いな」

「ところで、もんちゃんは彼女いるんでしょ。噂聞いているわよ。すっごい美人なんだってね」

「どんな噂か知らないけど、付き合っているような女性はいませんよ」

「嘘嘘、知っているんだから。もんちゃんの部屋に綺麗な女性が出入りしているって聞いているのよ」

「それね、もう二年前に一度だけ来た高校の同級生だよ。ただ遊びに来ただけで、僕は、確かに好きだったけど、僕を嫌いになったみたいで、二年間音信不通ですよ」

　葵は、少し悲しそうな顔をして、「そうなの、何があったのか気になるけど、悪いこと聞いちゃったね。ごめんなさい。それで、今は好きな人いるの」と過去のことを深追いせずに僕に尋ねる。切り替えが早いなぁこの子はと思うとともに、僕の悪戯心に火をつけた。

「いるよ」

「誰。病院の職員？　それとも元の彼女？」

「看護師」

「えーっ、同業か。綺麗な看護師たくさんいるからな。教えてくれる。誰？」

「ボクの目の前に、頬杖ついている看護師」

葵は、寒さで桃色に色づいていた頬をより一層赤く染めて「そう言うと思った」とペロッと舌を出した。

窓の外に目をやると、石田さんたちがあたりを見回していた。

僕は。葵に「ちょっと、待っていて」と言って外へ出て行った。

みんなが、スキーウエアに付いた雪を払いながらロッジに入ってきた。

阿藤さんが僕の方へ近づいてくると、「山頂の方もそんなに傾斜きつくないから大丈夫だと思うぜ。午後から、もん太たちも上まで行こうぜ」

僕は、葵のことが心配だったので「下でも十分楽しんでいますから、大丈夫ですよ」と答えると、阿藤さんは「またまたぁ、葵ちゃんと二人で楽しいですか。それは、お邪魔しました」

それから、みんなで昼食を取った。

スキーバカの石田さんは、昼食の間中、十条さんや赤羽さんにスキー技術のアドバイスをし続けた。

賑やかな昼食時間が過ぎると、午後四時に麓の駐車場に集合することにして六人は僕と葵を残してロープウェイに乗って頂上へと向かった。

「葵ちゃん、スキーする？」と尋ねると、

「もうちょっとお話ししていましょうよ」と、もうスキーはどうでもいいような口ぶりで答えた。僕も、スキーはもうどうでもよかった。

葵は、名前のとおり、ひまわりのように常に太陽に向かって花を開いているそんなポジティブさを感じさせる女性だ。

細かいことは気にしない。いつも明るく微笑んでいるように心がけているのか、ほとんど僕が一方的に話をしているのだが、つまらなそうな顔を一つも見せず、全てを優しく温かく包んでくれるような、母性というか包容力を感じた。

結局、夕方までスキーをせず、ロッジで話をしていた。

午後四時になり、みんなで宿泊所へ向かう途中で、酒やおつまみの買い出しをした。宿泊所では、夕食と朝食を用意してくれる。午後五時頃に宿泊所に到着し、夕食の午後六時まで時間があったので、みんなで温泉に浸かることにした。

宿泊所の向かい側には、療養所の無料浴場があり、もちろん天然温泉掛け流しだ。

この温泉は、草津の湯畑から引いているもので、その昔、療養所に入所していた人たちが強制労働を強いられ、辛い思いをして、全て人手によって療養所まで引いたものだと聞かされた。

この療養所はハンセン病罹患者だけの施設なのだ。

国立のハンセン病療養所は全国に十三カ所存在する。

国の誤った隔離政策で入所者は酷い扱いを受けてきたそうだ。

二〇〇一年七月二十三日、時の内閣総理大臣大泉洋一郎は、ハンセン病患者に対する誤った政策を国の責任と認め、これまで幾度も国を提訴してきたハンセン病違憲国家賠償訴訟の原告団と和解の基本合意を決断したのだった。

宿泊所は、療養所の敷地内にあるが、その敷地がやたら広く、療養所が一つの村を形成していると言ってもよいだろう。

そんな村の端に宿泊所があり、宿泊所の向かい側に温泉浴場がある。無料で開放されているので町民がたまに入浴に来るそうだが、観光地の温泉街から離れていることもあり、観光客の利用はほとんどない。

午後五時半、日も落ちて空は暗くなってきたが、雪明かりが足元を照らしてくれる。

僕たちは、宿泊所の玄関に用意された下駄を履き、冷たい雪の上を、背中を丸めながら、滑って転ばないようにつま先歩きをして浴場へ向かった。

「混浴かなぁ」と嬉しそうに話す阿藤さんだったが、浴場の入り口に着くと「残念」と一言。

左側に男湯、右側に女湯と書かれた暖簾がかかっていた。

当然のことながら、僕たち男四人は左手に進み、女性四人は右手に進んだ。

浴場の脱衣所に入ると、床には水滴が一滴も落ちてなく乾いていて『今日はまだ誰も入っていませんよ』と床板が語りかけている。

静まり返って、人気《ひとけ》を感じない脱衣所の空気は、より一層寒さを増した。

「うぅー寒ぶ」と言いながら、着ていた服を急いで脱ぎ、脱衣籠に投げ入れ、みんな小走りに浴室へ向かう。

浴場は広く十人くらいは入れるだろうか。大きな石が積まれて縦一間横一間半くらいの楕円形の湯船で、湯船の右角には少し高く石が積まれ石と石の間から温泉が流れ込んでいる。湯の色は淡白色で硫黄の匂いが浴室に充満している。

備え付けられている桶でかけ湯をして熱さを確かめる。

「ちょっと、熱いかなぁ」と言いながら、阿藤さんが最初にゆっくりと湯船に体を沈めていく。

僕もみんなに続いて湯船にそっと浸かる。

疲れた体に温泉が染み渡る。

「やっぱり、温泉地に来たって感じがするよな。気持ちいいねー」と阿藤さんが声を上げると、壁の向こう側から女性の声が聞こえる。

「わぁー広いわねぇ」これは、十条さんの声であることが確認できた。

銭湯でもよくある造りではあるが、男湯と女湯は壁で隔たれてはいるが、壁は天井まで塞がれてはおらず、天井から半間ほど空いているので、音は筒抜けである。

昔、銭湯でこのような壁越しに会話する夫婦を実際に見たのかテレビドラマで見たのか記憶は定かではないが、「おーい、母ちゃん。もうあがるよ」と旦那が叫ぶと、女湯から「父ちゃん。もうちょっとかかるから、ちょっと待っておくれよ。太郎、先に出て父ちゃんにコーヒー牛乳買ってもらいな」とか、「おーい。母ちゃん、シャンプー投げてくれよ」と旦那が叫ぶとシャンプーが天井から飛んでくるといった光景が思い浮かんだ。

隣からザァーというかけ湯をしていると思われる音が聞こえると、カランカランと桶が石の床に置かれる音、そして、サバァーと湯船から溢れて大量に流れるお湯の音が耳に入ってくる。

僕は、湯船に浸かって天井を眺める。天井には中央に太い丸太の梁から左右に薄く黒く汚れた板が斜に張られている。

壁の向こうには裸体の女性が四人いることは、間違いない。

僕は、この天井が鏡だったらと妄想する。

「おっと、いかん、いかん」と自分を叱責する。

するとが阿藤さんが、「十条さん、そっちは四人だけですか」と隣に聞こえるように話しかける。

「そうよ。そっちは」と木霊が違う言葉で返ってくる。

「こっちも俺たちしかいねぇーよ」と木霊返し。

「貸し切り状態でいいわね」と十条さんの声が返ってくる。

そんなやりとりの間、石田さんは、湯船の右奥に積まれている温泉が流れてくる石によじ登ろうとしていた。

阿藤さんが「石さん、無理、無理。滑って転んで怪我するのが落ちだからやめとけ」と石田さんの無茶な行動を抑制する。

阿藤さんは想像を掻き立てる手段に出た。

「十条さんは今、湯船に浸かっていますか」

「はぁーい。四人とも湯船でぇーす」

バサァーと湯船から誰かが上がった様子が覗える。

「今、湯船から上がったのは誰でしょうか」

「幸子さんでぇーす。それと葵さんも上がりました。これから、体を洗うようです」

「十条さんと赤羽さんは、のぼせませんかぁ」と阿藤さんが言うと、

「洗い場が、二つしかありませんから、交替で洗いまぁーす」

このような悪ふざけが続くが、他人がいないからできることではあるが、初めての刺激的な経験だった。

このような生の音声だけのやり取りで、興奮状態に到達する生き物は人間だけなのだろうか。それとも他の生き物で音だけで興奮する生き物はいるのだろうか。

会話は続く。

女性たちも同じく興奮するのであろうか、壁越しのやり取りはさらに過激になっていった。

「ちょっと、十条さんやめてよ」と留美子の声がした。

「今、幸子さんが湯船に戻って、留美子さんが体を洗ってまぁーす。おっぱいを洗ってまぁーす」

「ちょっと、十条さん触らないで」とかなえが留美子の体のどこかに触れていることが想像される。

悪戯にのってきているのは、どうやら検査科の二人のようだ。

看護師の二人は、楽しんでいるのか不快に思っているのか様子が覗えない。

石田さんが、僕が聞きたくても口に出せなかったことをいとも簡単に言ってのける。

「赤羽さんのおっぱいは大きいですか」

「そうね、私よりは小さいですぅ」とかなえの声。

「私より大きいのは、棚橋さんかな」と再びかなえの声。

「いやだぁ、私を引き合いに出さないでよ」と幸子の声がした。

「一番小さいのは、葵さんでぇーす」とまた、かなえの声。

そんな、馬鹿なやりとりを聞いて興奮状態に至っている僕は、湯船から上がれなくてのぼせていた。

湯船から上がれないのは、頭の中が妄想でピンクに染まり、僕の小拳銃がショットガンに化け、発射寸前だったからである。

僕は、「阿藤さん、これ以上は無理」と立ち上がったら、三人に笑われた。

「もんちゃん。若いね」阿藤さんも石田さんも中井さんも僕より先輩だけど「よく平気でいられますね」と僕は三人に問いかけた。

その様子が、隣に筒抜けだったので、

「もん太さん。どうしたかしたの」とかなえが聞いてきた。

僕は「な、何でもないです」とごまかそうとしたが、こちらが先方の様子を窺い知ることができるように、先方もこちらの様子を想像できるだろう。

このメンバーで年長の十条かなえには、僕のショットガンがパンパンに腫れあがっていることを察知することは容易いことだ。

まして、医療の現場に働く彼女ら全員が気づいていただろうが、男の生理現象を恥ずかしく思うものは誰一人いない。

壁越しのやりとりは、もっと過激になっていく。

僕は、妄想にぼうっとしていて、気が付かなかったが、目ざとい阿藤さんは、人が一人屈んで出入りできる小さな板張りの扉が壁の隅にあることに気が付いた。

板張りだ。海水浴の時の更衣室がすぐさま僕の頭の中を過った。

隙間だ。阿藤さんが扉に近づいて、扉に顔をこすりつけるように隙間を覗く。すると「おいおいおい、見えるぞ」と囁くとみんなを手招きで呼びよせた。

僕は、動けなくなっていたので、しばらくみんなの様子を見ていた。三人は、隙間を覗いては顔を見合わせて。目を丸くして互いに頷く。

「おい、もんちゃん。ちょっと来いよ」と手招きをする石田さん。

「いけませんよ。そんなことしちゃ」と言いながらも足は扉の方へ進んでいた。

僕が、そっと隙間を覗くとそこには、洗い場で髪を洗っている女性の背中と、体中泡だらけの女性と湯船に浸かっている幸子と葵の顔が見えた。明らかに女性四人は気が付いていない様子だった。

すると、阿藤さんはドンドンと扉を叩いた。

「この扉の鍵開けてよ」と言って、その声に反応した女性たちは一斉に扉の方を向いた。

覗かれているとは気づいていないようだったが、かなえがスタスタと扉の方に近づいてくる。僕の覗いている方へ近づいてくる。

僕の小拳銃は、体のどこも隠そうとせず全裸のまま、僕の覗いている方へ近づいてくる。


ズーカ砲に変化した。

「わぁー。ヤバイヤバイ」と自分で声を掛けておきながら、かなえが近づいてくると
三人は湯船に戻ってしまった。

僕は覗いたまま動けなくなってしまったので、そのまま、壁の向こうの様子を見続けた。

かなえの股間がズームアップで見えている。十条さんは、門式の簡易なカギを確認したようだった。

今度は十条さんの顔がズームアップだ。僕は思わず目をつぶってしまった。僕が目をつぶったところで向こうには見えるのか見えないのかわからないが、向こうは板の隙間には気づかなかったようだ。

「どうする。鍵開けていい」と他の女性たちに問いかけた。

「ダメよ。よしましょうよ」と葵の声がした。

「どうせ、入ってくる勇気なんかはないわよ」とかなえが言ったが、結局、鍵は開け

なかった。

すると、葵が湯船から上がって扉の方へ近づいてくる。

僕は、生唾を呑み込んだ。

葵も全裸でどこを隠すわけでもなく、下半身がズームアップで僕の眼底に焼き付く。

葵は、ドンドンとドアを叩き、「開けませんからね。もう上がりましょう」と言うと、それを聞いた三人の男どもが、見逃すまいと扉に寄ってきた。

慌てて「もう終わり」と覗こうとする三人を制する。

すると男湯の扉が開き、町民と思われる年配の男性が入ってきて、僕たちを見るなり「おっ、今日は珍しく混んどるのぉ」と言って、湯船に浸かった。

午後六時半。僕たちの泊まる部屋に戻ると、綺麗に布団が四組並列に敷かれていた。

僕たちが泊まる部屋以外に、食事をする広間が別にあった。

この宿泊所は、主に入所している患者さんの家族が宿泊するために使用しているようで、宿泊客があると、寝具の準備や食事の用意など世話をしてくれる人を雇っているようだ。

安価ではあるが、宿泊料を徴収しているのだから、その売り上げを人件費と材料費に充てているのであろう、利益は追求していないので、食事も他の宿泊施設と比べても引けを取らないくらい豪勢なもので僕らはいささか驚いた。お世話をしていただく方に迷惑にならないように食事を短時間で終わらせて、後片付けを手伝って、僕たちは部屋に戻った。

スキーの帰りに買ってきたビールや酒で宴会の始まりだ。

宴会は、盛り上がったが、浴場での出来事には誰も触れなかった。

皆、二十代とはいえ理性の働く大人の集まりだ。浴場での子供じみた戯れも、壁一つ挟んだ男どもの空間と女どもの空間で直接向きあってやりとりしているのではないからこそできたお遊びだったのだ。

午後十時ごろ、葵に誘われて二人で夜空を見に外に出た。

夜空がよく見える位置を見つけようと、山側に少し歩いた。

街灯などない山の口だが、月に照らされた雪明かりで周りがはっきり見えるほどの明るさだった。

晴天で空気は冷たく透きとおっている夜空には手に取れるように近くに無数の星がちりばめられていた。

「わぁー綺麗ね」と葵は囁く。

「この辺りは標高千メートルくらいだろうから、星が近く見えるんだろうな」

「もんちゃん、寒いね」と僕に体を寄せる葵。僕に体を預ける葵に応えるように左腕でグッと抱き寄せる。

「もんちゃん。手を握って」と言って僕の右腕を葵の左手が手繰り寄せる。

「手袋とって」と言われ僕は右手の手袋の指先を歯で噛みしめ手袋を外すと、葵の左手が僕の寒くて握っていた拳の中にゆっくりと侵入してきた。

「もんちゃんの手、大きくてあったかい」

「まぁ、これだけ寒けりゃ、あったかいだろうよ」と照れながら僕がつぶやく。

葵に言われるがまま動作をしていた僕は、葵と向かい合わせになっていることにやっと気づいた。

握っていた手を振りほどいて、葵は、僕に抱きついた。

そして、僕の瞳を見つめて、ゆっくりと瞼を閉じた。

葵が何を求めているかは、初心な僕にも瞬時に分かった。

僕は葵の小さくて薄く寒さで青く冷たい唇に僕の唇を合わせると、青ざめていた葵の頬は、ゆっくりと桜色に色づいていった。

本日休業

一九八四年四月。僕は、上京して五年目を迎えた。

毎年、若い事務官のうち一人や二人は本省に釣り上げられ、病院には新規採用職員が入ってくる。

人事異動が行われる四月は、今まで慣れ親しんだ人が去っていく喪失感と、新しい風が吹きこむ初々しい躍動感が同居する。

僕は、入院係も二年目を迎え、中井さんは昇進試験に合格し、他の病院へ係長に昇任し異動した。その後任に就いたのは、外来係から異動した鈴田健四郎だった。外来係にいた小佐田俊哉さんも会計課補給係に異動となった。石田さんは、そのまま外来係にいた。

そして、庶務課人事係に他の病院から係員で異動してきた浅田哲也だ。係長以上のポストで他の病院から転勤することは慣例であったが、係員の異動で他の病院から赴任してくる人事は稀であった。おそらく、本省へのステップ人事であろうことは予想できた。浅田哲也の前任者も本省へ異動したのだ。

浅田哲也は、僕と健四郎と同じ年齢だったので、仲良くなるまで時間はかからなかった。

浅田哲也は、麻雀好きで、『雀荘もん太』の常連になった。

年が経過する度に麻雀の面子も少しずつ交代していった。

小佐田、鈴田、浅田と僕。たまに園田係長も加わり、この五人で囲むことがほとんどだった。麻雀人口も年を経るごとに減少傾向に推移していった。

この面子でダントツに強かったのは、浅田哲也だった。

浅田は、頭が良いというのか、記憶力と計算能力に長けているのだろう。

麻雀は、百三十六牌の組み合わせのゲームだ。四人が順番に牌をめくり、不要な牌を河へ捨てる。ゲームの中盤から後半にかけて四十牌から五十牌の捨牌が河に並ぶ。まだ、隠れている牌が他の面子の手の内にあるか、山に残っているかの組み合わせと予測のゲームなのだ。その読みが当たるか否かは、確率の問題なのだろうが、浅田は、自摸《ツモ》あがりが多かった。

無論、電動麻雀機ではなかったので、積み込みやすり替えなどのイカサマも考えられるが、もしそこまでできる技術があったならば、彼はプロ級の腕前だ。職場の同僚で卓を楽しく囲んでいるのだから、さすがにイカサマではないだろうが、ほんとに浅田は麻雀が強かった。

葵は、暇を見つけては『雀荘もん太』に顔を出してくれていた。

面子に「申し訳ないね」と言われながらもお茶などの飲み物を出してくれたり、吸い殻で山盛りになった灰皿をきれいにしてくれたりしてくれた。

葵も長いこと麻雀を見ていると自然と麻雀の打ち方が理解できるようになってきたのだろうか、僕の背後で体育座りをして、僕の打ち回しを見ていると、突然「えっ、それ切っちゃうの。違うでしょう」などと口を挟むようになってきた。

葵は、麻雀の終わり時間を予測して、午前様になりそうな気配を感じると、つまらなそうな顔をうかがわせながらも笑顔で「バイ、バァーイ」と言って去っていく。

面子の俊哉さんが気を遣って、「いいのかよ。帰しちゃって。終わりにしてもいいんだぜ」と言ってくれたが、「勝ち逃げですか」と僕が言うと、「じゃ、もう半荘」ということになる。

僕は、葵が怒っているんじゃないかと思うと、心中は穏やかではなかったが、麻雀が楽しい。

僕は、園田係長の影響を過大に受け入れたことから、競馬にも手を染めることになった。

中央競馬は四月には、中山競馬場で開催される。中山競馬場は、市川市の隣の船橋市に位置し、国立国分病院からは自動車なら三十分くらいで到着する距離にある。

一九八四年四月十四日土曜日。

土曜日は半ドンだったので、午後から、園田係長に誘われて、俊哉さんと僕の三人で僕のポンコツセダンで園田さんのナビゲートを頼りに中山競馬場へ向かった。

翌日の十五日には四歳牡馬クラシックレースの一冠目の皐月賞が開催される。

僕は、競馬の知識は全くなかったので、園田さんと俊哉さんに教えてもらわなければ何をどうしてよいのか、さっぱり分からなかった。

競馬場に到着すると、まず、人の混雑に圧倒された。

「混んでいますね」と僕が言うと、

「明日は、GⅠ皐月賞だから、明日は、もっと混在するから、今日のうちに前売り馬券を買いに来たんじゃねぇか」と園田係長が言う。

僕は、皐月賞もGⅠの意味もさっぱり分からず、

「へぇー。そうなんですか」としか答えようがなかった。

「まずは、競馬新聞を買うぞ」と競馬場の正面入り口前に立ち並ぶ新聞だけを販売している屋台のおばちゃんから、園田さんに言われるがままに新聞を購入した。

競馬場の正面入り口の横にある窓口で入場券を購入し競馬場に入ると、園田さんと

俊哉さんを見失わないようにくっついて歩く。

まず、園田さんが立ち止まったのは、パドックと呼ばれているところで、小さなグラウンドというかトラックと言った方が良いのか競走馬が飼育員に綱でひかれ周回している場所であった。

園田さんは、「ここでよ、元気よさそうな馬を見つけて、番号を覚えておけよ」と教えてくれた。

僕は、馬の良し悪しなどさっぱり分からなかったが、リズムよく躍りだしそうに見えた馬の番号を記憶した「四番」と呟くと、「とまぁーれー」と大きな声が聞こえ、色とりどりな派手な服を着てヘルメットをかぶった小柄な人たちが現れたかと思うと、次々と競走馬にまたがった。この人たちがジョッキーかと眺めていると、「おい、コラ、コジマ、しっかり追わねーか、バカヤロー」とか「ネモト、てれんこしてんじゃねーぞ。まっすぐ走らせろ。コラ」とか罵声が飛び交う。僕は、「怖っ」と思い園田さんからはぐれちゃいけないという思いを強める。

ジョッキーを乗せた競走馬は、本馬場と呼ばれているレーストラックに移動する。競走馬が順次パドックを後にすると、その動きと同じく人波もパドックの周囲からスタンドと呼ばれる建物の中へ吸い込まれていく。

ふと、横を見ると園田さんはいなかった。振り返ると、園田さんと俊哉さんが競馬新聞を片手に二人で話しながら、スタンドに入っていく姿が確認できたので、慌てて追いかけた。

スタンドの中は、薄暗い印象だったが、床は黒ずんだコンクリートで、いたるところに新聞紙や飲み物の缶や食べ物の容器などが散らかっていた。汚ねぇところだなと思いながら前に進むと、全長百メートル以上あると思われる馬券販売窓口の小窓が横に延々と並んでいる。その小窓ごとに行列ができている。

園田さんが、「並べ」という。よく分からないけど園田さんの後ろに並び、「係長、どうすればいいんですか」と尋ねる。

「いいか、勝馬投票券は、単勝と複勝と枠番連勝の三種類しかないから、どの番号を買うか決めておけよ」と教えてくれた。

「係長、複勝って何ですか」と聞くと、「三着までに入れば当たりだよ」

「じゃ、枠番連勝は」

「新聞の馬柱の一番上に色がついているだろ、この色が枠の識別だろ。一枠は白、二枠は黒、三枠は赤、四枠は青、五枠は黄色、六枠は緑、七枠はオレンジ、八枠はピンク。その枠に入っている馬が一着と二着に入れば当たりだよ。分かるか、馬の番号じゃないぞ、同じ枠に二頭、三頭と入る場合があるからな」

「じゃ、九枠は何色ですか」と僕が聞くと、園田さんの前に並んでいるおじさんに

「うるせぇーんだよ」と怒られた。

園田さんは、声を細め「もん太は、さっきパドックで何番の馬が良く見えた」

「四番です」

「それから」

「四番だけです」

「よし、じゃ、四番の単勝と複勝を買っとけよ」と話をいている間に順番が回ってきた。

園田さんが、小窓の向こうに座っているおばちゃんに「にーさん、にーはち千円ずつ」と伝え小さな紙をもらっていた。

僕の順番になり「四番ください」というと「単勝、複勝どっち」とおばちゃんに聞かれ「同万」と答えると矢継ぎ早に「い・く・ら」と聞かれ「五百円」と答えると、面倒くさいなぁという渋い顔をして、小さな紙きれをくれた。その紙切れを窓口の前でぼうっと見ていると、後ろに並んでいたおっちゃんに、「おい、兄ちゃん早くどけよ。締め切りに間にあわねーじゃねーか」と怒られた。

競馬場は怖い。一人で来たら殺されるかもしれないと思った。

その小さな、紙切れを、ポケットに突っ込み、園田さんにくっついてスタンドへ向かった。

薄暗いスタンドの一階から光が差し込むトンネルの先をぬけ出ると広いレースコースが望めた。

本馬場から見るスタンドの大きさにも驚いた。中山競馬場のスタンド前の直線は三百メートルだ。その直線とほぼ同じ長さのスタンドが立ちそびえている。そのスタンドにはベンチのような椅子が無数に整備されているが、どのベンチにも、新聞紙や荷物が置かれ、いわゆる席取りがされていて、遅く来た者は座って観戦できない。

僕たち三人はゴール前に陣取り立ったまま観戦することにした。

「中山競馬場第八レース、五歳以上五百万下ダート千八百メートル戦。各馬ゲートに誘導されます。……」といった場内アナウンスが流れる。

「俊哉さん。ダートって何ですか」

「もんちゃん。あのね、すぐそこが芝だろ。その内側に砂のコースがあるだろ。そこがダートだよ。これから走るゲートよく見てみな」と右方向を指さす。確かに、馬がスタートするゲートは、砂のコースの上に設置されていた。

「もうすぐ発走するよ」と俊哉さんが教えてくれた。

「各馬一斉にスタートしました。おっと、四番ヒマワリダッシュが出遅れたか、……」

と実況放送が場内を流れる。

「二番フルムーンが先頭で第四コーナーを回り直線に入りました。逃げる、逃げる二番フルムーン粘るフルムーンに最後方から一気に四番ヒマワリダッシュが追い込んでくる。届くかヒマワリダッシュ。フルムーンとヒマワリダッシュが馬体を合わせて、ゴールイン。三着までは二馬身以上離しての二頭の一騎打ちですが、僅かに四番ヒマワリダッシュが差し切っているようにも見えましたが、さぁどうでしょう。写真判定です。お持ちになっている勝馬投票券は確定するまで、お捨てにならないようご注意ください」と実況アナウンスが終了する。

「もん太、やったね。当ったんじゃねぇの」と園田さんが淡々というと、「次のレースやるか、パドック行くぞ」とまた、園田さんの背中を見失わないようにくっついて行く。

ビギナーズラックだ。何も分からず買った馬が一着か二着に来ていることは間違いなかった。複勝を買っているので間違いなく僕のポケットには当たり馬券が入っている。

次のレースのパドックを見ている間に第八レースが確定した。パドックの奥に設置されている電光掲示板に払戻金が表示される。

「おぉー」と観衆のどよめきが湧く。

「単勝四番五千四十円、複勝二番二百五十円、四番八百二十円、十番百六十円、連勝複式二枠三枠一万二千四百九十円」僕は、目を疑った。

四番は人気がなかったのだ。人気や配当を見ないで買ったので、びっくりした。千円が約三万円になって戻ってくるのだ。

僕よりもすごいのは園田さんだ。十二万円の払い戻しだ。

苑田さんと俊哉さんは、僕が有頂天になっているのを尻目に次のレースに集中している。

僕は、その後のレースは馬券を買わなかった。ただ、園田さんと俊哉さんにくっついて競馬とギャンブラーを観察していた。

僕は、早くポケットの紙をお金に替えたかったが、換金の方法が分からないので、園田さんたちが換金するまで待っていたというのが正直なところだ。

メインレースが終わり、園田さんが「清算するか」と言って払戻と看板が出ている窓口に行って持っていた馬券を全部おばちゃんに渡す。園田さんは、十五万円ほどの払戻金を受け取った。僕は、一枚だけ窓口のおばちゃんに渡し、「おめでとうございます」と二万九千三百円の払戻金を受け取った。俊哉さんだけがオケラだった。

最終レースには手を出さず、園田さんは、「明日の皐月賞の前売り馬券を買うか。皐月賞は鉄板だよ。シンボリルドルフ強ぇーぞ」と言って園田さんと小佐田さんは馬券売り場で馬券を購入すると帰路についた。

病院に着くと、「もん太もビギナーズラックで勝ったんだろ。打ち上げに行こうぜ。

どうせあぶく銭だ、あぶくはあぶくに使わないとな」と言う園田さんに対して、俊哉さんが「あぶくご馳走してください。あ・ぶ・く」と言うと園田さんは、「お前の期待しているあぶくは、石鹸のあぶくだろう。俺は、そういうところは行かないの」

病院に僕のポンコツセダンを置いて、タクシーに三人で乗り込み、「運転手さん、小岩の駅までね」と行き先を伝えるとタクシーは走り出した。

小岩駅の周りには、居酒屋が立ち並んでいるが、ちょっと細い路地に入ると派手なネオンサインが危険な匂いを放っている。

居酒屋に入ると思いきや、園田さんはパチンコ店に入っていく。

僕が、「えっ、パチンコですか」と言うと「まだ、五時半じゃねぇか、もう少し増やしてから飲みに行こうや。おおぅ、座れ」と園田さんの台の隣に座らせられて、パチンコ台に百円玉を投入する。

俊哉さんは、慣れたもので、パチンコ店内をパチンコ台一台一台見て回り、ここぞと思った台に腰掛けて打ち始めた。

すると、五分も経たないうちに俊哉さんの台のパトランプが回転した。

すげぇなぁーと思いながら、百円玉をつぎ込んでいる僕の横で、今度は園田さんの台が「キンコンピコピコーピー」とけたたましい音を立てた。どうやら当たったらしい。

「キター」と奇声を発し満面の笑みを浮かべて僕の背中を叩いて喜んでいる。

ちなみに、園田さんと僕が座っていた台は、一発台と呼ばれているパチンコ台で、当選確率は低いが一度当たると爆発するハイリスクハイリターンのギャンプル性が非常に高い台だった。僕は、何も知らずに座ってしまったが、園田さんにそのことを聞くと、ローリスクローリターンのゼロ戦の羽が開閉する台へ移動した。

結局、午後十時ころまでパチンコ店で勝負し、三人ともプラス収支でパチンコ店を後にし、居酒屋で乾杯した。

午後十一時半ごろ居酒屋を出て、盛り上がっている俊哉さんがキャバレーに行こうと、ネオンが誘う脇道に入り、「ここどうですか」とピンクネオンがチカチカして、店の前には、水色の法被《はっぴ》を着たお兄さんが「いらっしゃいませ。三名様ご来店でぇーす」とドアを開ける。

薄暗い店内は、不思議な甘い香りに包まれていて、ミラーボールに反射する明かりがクルクルと回り、その反射光が時たま僕の目に当り瞳孔を縮小させる。店内に流れる音楽は流行りの洋楽だった。

僕は、客席のソファの形とその配置に違和感を抱いた。

ソファは全て二人掛けで特急列車の座席のように入り口を背に一方向に向いて配置されている。そのソファの背もたれはやけに高く感じた。

「お客様はこちらへどうぞ」と一人ずつ案内された。そういうことかと僕はやっと気が付いた。要するにマンツーマン接客ということなのだ。

僕は、このような店に入ったのは初めてだったので、ドキドキしながら席に腰掛けると、蝶ネクタイをした男性店員が横に立ち膝で僕を見上げるような姿勢で温いおしぼりを手渡す。

「飲み物は、ウィスキーでよろしいですか」

「は、はい、水割りで薄くしてください」

「ご指名はございますか」

「ボク、初めて来たのでよく分からないのです」

「お客様は、お若いので若い子がよろしいですね」

「はい、話が合うかと思うので、若い子でオネガイシマス」

「最近入店した綺麗な子ですよ。サービスが行き届かないところありましたら、チェンジしますのでご安心ください」と言って店員はマイクで「ちとせさん。四番テーブルご指名です」

「今日は、四番に縁があるなぁ」と呟く。

僕は、女の子が来るまでの間、店内を興味深く見渡していた。

前方の席から女の人の膝から下が通路にはみ出している。前の席はどんな状態になっているのかを想像する。店内の音楽の音量が大きくて他の席での会話は聞こえない。

ソファの背もたれが高くなっているのは、後ろの席から見えないようにするためなのかと、ようやく謎が解けた。一方向に配置されているのも他の客席から見えないようにするためなのだ。なるほどねぇと感心していると、

「いらっしゃぁーいまぁーせ」と可愛らしい女性の声がしたが、その変な挨拶から、かなり酔っていることは想像できた。

僕は、恥ずかしくて俯いていた。

「しつれいしまぁーす」と言って、僕の隣にドーンと尻もちをつくように倒れ掛かってきた。

僕は、「ちょっと、飲みすぎなんじゃないですか」と言いながら、僕に寄りかかる彼女の肩に手をかけ、まっすぐ座るように起こすと、彼女の顔がはっきり見えた。

僕は、驚愕のあまりしばらく声が出なかった。

「満月」うそだろうと自分が今、現実に目の当たりにしているこの事実を否定したかった。

もう一度「満月だろ、満月だよね」と言うと、

「ちとせです」と彼女は酔いがさめたのか。一変して姿勢を正した。

「ちょっと、ごめんなさい」と席を立って小走りに逃げようとする満月の腕をとっさに押さえて、「なんで、こんなところにいるんだよ」と大声をあげてしまった。

するると、満月はその場で膝を落とすと屈みながら泣き出してしまった。

店内は、一斉に僕に視線を向ける。中には、立ち上がってこっちを見ている客もいる。

男性店員が数人、僕に寄ってきて、「お客さん、トラブルは困りますよ。女の子、泣いているじゃないですか」

男性店員の一人が満月を立ち上がらせると、肩を抱えて店の奥の方に連れてゆく。

僕は、「満月」と叫び、追いかけようとするが男性店員数人に押さえられて動けなかった。

すると、奥から黒スーツに大きな襟を上着の外に出して着ている強面のお兄さんとスカジャンを着た若いチンピラ風のお兄さんが近づいてきた。黒スーツのお兄さんが「お客さん。ちょっと外に出ようか。他のお客さんに迷惑だから」と言って僕の肩に左腕を回し、スカジャンの若い方は僕の背後に回って背中を押す。

僕は、満月のことは心配ではあったが、これから僕はこの二人にどうされるのだろうと思うと、如何にして逃れようかといった思考で頭の中はパニック状態だった。

僕に腕を回しているお兄さんの指が自然と目に入った。小指がない。ヤクザだ。と気づくと小便をちびりそうになった。いや、ちょっと、ちびった。

店の外に連れ出され、店の脇の路地に連れ込まれそうになった瞬間、若い方が着ているスカジャンの背にあてがわれている龍の刺繍に見覚えがあった。

「大倉三郎。大倉三郎さんですよね」と溺れる者は藁にも縋る状況だった。どうか、大倉三郎さんであってくれと願う気持ちで叫んだ。

「なんで、こいつがお前の名前を知っているんだよ」と小指のない男は僕の肩に回していた腕を解くと、若い方に言い寄った。

「ひょっとすると、安西竜二さんではありませんか」と僕が小指のない男に問いかける。

「お前、なんで俺たちのこと知っている」と僕の襟首をつかみ、キスでもするかのように顔を近づけた。

「兄貴、こいつ病院の……」と三郎が言うと、竜二は僕の襟から手を放し僕のシャツについた皺を伸ばすように両手でパンパンと叩いた。

「その節はお世話になりました」と僕に二人でお辞儀をする。

慌てて様子を見に来た園田係長は、ヤクザ二人が僕にお辞儀している姿を見て、開いた口が塞がらず、目を丸くしてこっちを見ていた。

僕は、竜二と三郎に、彼女が同級生であることを説明すると竜二は、

「西郷さん。あんたの気持ちは分からんでもないが、あの子にはあの子の訳があるんだろうよ。お前に会わすわけにはいかねぇんだよ。今日は、もう帰んな」

僕は、なぜ満月がここで働いているのか、この三年間で彼女に何があったのか、聞きたいことは山ほどあったが、ここで粘ったところで、満月も僕とは会わないだろうなと、高ぶる気持ちを抑えて帰ることにした。

一九八四年四月十五日午前一時過ぎのことだった。


僕は、昨晩行った小岩のキャバレーに行ってみた。

満月が出勤してくるのを待ち伏せしようと思い、キャバレーの入り口が見える喫茶店の窓際の席を陣取り、二時間ほど張り込みを試みた。午後七時を過ぎると、明らかにホステスと分かるような出で立ちの女性が店の路地に吸い込まれていく。

僕は、喫茶店を出て、キャバレーの前を行ったり来たりしながら様子をうかがっていた。

すると、店から法被を纏った店員が『明朗会計。三千円ぽっきり。一時間飲み放題』と書かれている立て看板を店の外に設置した。その人と目が合ってしまった。

「あのぉー」と僕が声をかけると、

「あっ、昨日のお兄さん。今、開店しますから少々お待ちください」と昨晩の騒ぎで追い返されると思っていたのに、ウェルカムとは、いささか拍子抜けすると、「さぁ、どうぞ、どうぞ」と店内に入るよう勧められる。

「いや、違うんです。昨晩の女の子に会いたいのですけど、今日は出勤しますか。ちとせさんと呼ばれていたと思うんですが」

「あぁー、ちとせさんね。昨夜、やめたよ。彼女も居づらいのだろうね」

「連絡先とか教えてもらえませんか」

「それは、無理だわ。この世界は流れ者も多いしね。来たとき払いの日給制だしね。どっから来たか、どこへ行ったかなんて分からないよ。まぁ、知っていたとしても、警察にも教えないよ。それより、今ならお客さんあなただけ、貸し切り状態だよ。いい子いるから、さぁ、どうぞ」

僕は、背中を押されて店の中へ誘導する店員を振り切り、「すみません。また来ます」ともう来る気などないのに、そう言って帰ってきた。

満月に何があったのだろうか、四年制の大学だったはずだから、この春には卒業しているはずだ。留年してまだ大学生かもしれないが、あんなアルバイトをしなければ生活できないほど、貧しい家柄ではないはずだったし、そもそも僕の知っている満月は上品で淑やかで、キャバレーという職場は相応しくない。何か理由があるはずだ。

僕の頭の中は混乱していた。

翌日の月曜日、普段どおりに出勤した。

園田係長が「おい、どうした。お前のことだから、彼女に会いに行ったんだろ」と僕にひそひそと話しかけてきた。

「ご迷惑おかけしました。昨日、行ってみたんですけど、やめたそうです。行方知れずです」

「そうか、心配だな。彼女とはもう終わったのだろ。詮索するのはやめた方がいいと思うけどな。お前には、葵ちゃんがいるじゃないか」

「係長、僕は同級生として、心配しているんですよ」

「分かった。分かった」と言って仕事に戻った。


葵とは、できるだけ二人で過ごす時間を作るようになっていた。映画を見に行ったり、ピクニックに行ったり、遠くまでドライブに行ったりした。

コンサートにもよく出かけた。

僕は洋楽も好きだったこともあって、外国のミュージシャンの来日コンサートを狙っては、良い席を確保するためにイベント興行会社に発売前に配布される整理券をもらうための列に並んだりして、精力的にコンサートには行っていた。

日本のミュージシャンはというと、十六歳に衝撃を受け大ファンになった矢沢永吉のコンサートしか興味がなかった。

一九八四年八月二十六日日曜日。僕は、矢沢永吉の横浜スタジアムでのコンサートチケットを入手した。

矢沢永吉といえば東京では日本武道館で行うことが恒例であったが、この年は日本武道館の開催はなく、東京近郊では横浜スタジアムだけだった。

チケットはもちろん二枚用意した。葵に矢沢永吉の熱いステージを見せてあげたかった。

当日、ポンコツセダンで横浜に向かった。

僕は、事前に横浜界隈の地図を頭の中に叩き込み、あたかも「よく行っていますよ」と言わんばかりの、都会派気取りで横浜の街にポンコツセダンを走らせた。

助手席の葵は、鮮やかなブルーの生地にマーガレットがいっぱい咲き誇っている薄手のノースリーブのワンピースを身に纏っていた。

僕の目に映る葵の姿は、快晴の野原一面にたくさんの黄色い花芯に白い花弁が乱れ咲くその色彩が僕の心を晴れやかな気分にしてくれた。

僕は、ノースリーブの脇の隙間から、わずかにブラのフリルが覗いていることに気付くと、爽快な気分が一瞬にして淫猥な気分に変化した。

僕が、ちょくちょく葵の方を見るものだから、「前を見て運転しなさいよ」とよく叱責された。

僕の車が横浜関内周辺をクルクル回る。

「あっ、ここが横浜スタジアムね」と人差し指で示すと、

「ふぅーん」とあまり興味なさそうな気の抜ける返事を返す。

僕は、山下公園方面に車を進めながら駐車できるところを探す。山下公園手前の交差点で信号待ちをしていた僕はキョロキョロ辺りを見回す。右に曲がると山下公園、本牧埠頭方面、左に曲がると横浜駅方面、左斜めに直進すると赤レンガ倉庫街。

僕は倉庫街に目を付けた。道幅は広く駐車禁止の標識も見当たらなかったし、実際に数台、路上駐車していた。

「スタジアムまでちょっと歩くけどいいかな」と葵の許しを請い、車を停め、五分程度歩いてスタジアムの入り口に着いた。

横浜スタジアムをコンサート会場として使用する場合の収容人員は約三万人だそうだ。

僕の想像どおり、やんちゃな若者ばかりが集結していた。

夏だというのに素肌に革ジャン、革パンの集団がたむろしていたり、暴走族の特攻服姿の集団がうんこ座りしていたりする中をすり抜け、僕と葵は、スタジアムのスタ

ンドに着席した。

ステージのほぼ正面ではあったが、広いスタンド中央なのでステージまではかなり距離があった。

葵は、スタンドに座っている客層をゆっくりと首を左右に動かし、目を丸くして青い顔をして眺めている。

「どうした。大丈夫」と僕が声をかけると、

「だって、こんな雰囲気のコンサート会場、初めてだもの」と葵が小声で僕に返す。

「これが、矢沢さんのコンサート会場。他のアーチストでは味わえないこの空気が興奮するでしょ」

「あのね、興奮というよりも、怖い」と僕の耳に囁く。

「これ、話したことあったっけ」

「何」

「僕がエーちゃんに夢中になったきっかけ」

「聞いてないわよ」

「忘れもしない一九七八年十月二十一日。矢沢永吉ゴールドラッシュコンサートツアーで柏崎市民会館に来たんだよ。僕は高二だったかな。もちろん、その前から、友達からアルバムを借りてテープに録音してカッケーなと思って聴いていたんだけど、

街のレコード店にポスターが張ってあるのを見て慌ててチケットを買ったね、そのころ、『時間よ止まれ』がヒットしていたし、『成りあがり』もベストセラーで僕もそのバイブルは持っていたしね。コンサートに行ったらもう矢沢の世界から抜け出せなくなってしまったね。とにかくロックとバラードをひたむきに歌い続けるんだよ。あの頃はフォークとかニューミュージックのコンサートはさ、歌以外にMCで語り笑いをとったりすることが定番と思われていたのによ、エーちゃんは『ヨロシク』しか言わないで、ただひたすら歌うんだよ。時にはマイクスタンドを蹴飛ばして振り回し、ステージの端から端まで駆けまわったりして。かと思えば、しっとりとバラードを歌い上げる。そうそう、まずホールに入って驚いたのが、通路に五メートル間隔でスタッフジャンパーを着たお兄さんたちが立っているんだよ。そんな会場見たことなかったもんな。当時は、過激なファンが会場で喧嘩したりして荒れていたみたいだからね。でも今は大丈夫。ステージが始まればみんな他人なんて関係ないよ。誰も取って食ったりしないから。葵ちゃんの場合は、取って食われるかもしれないから、俺にしがみついて離れないようにね」

この時の葵の驚いた顔がとても可愛らしく、おそらくこの顔を僕は一生忘れないだろうと思った。

コンサートが終わり車に戻り、僕は、くるりと車を一周して異常がないか確認すると、駐車違反の切符が貼られていることもなく、タイヤも盗まれていなかった。

横浜は、おしゃれな街であったが、危険な街だとも聞いていたので少し心配であったが、事なきを得た。

僕は、湾岸道路を東京方面に走らせた。

横浜の地図は頭の中にインプットしてきたつもりだったが、夜になると昼間走ってきた景色が一変する。

僕は、道に迷い、片側四車線ある広い道路を走っていると、次の交差点を右に曲がるのか、左に曲がるのか迷ってしまって、右に曲がると決断し右車線に寄ろうと走行した瞬間、「ウウー」とけたたましい音が後方から聞こえた。

バックミラーを見ると、パトランプが赤くクルクルと回っている。

「前の車。左に寄せて止まって」とスピーカーから流れる声が聞こえた。

僕は、なぜ捕まったのかよく分からないまま、言われたとおりに、広い道路の左端に車を寄せる。交通量は少なく、僕の車とパトカー以外に車も人影も見当たらない場所だった。

警察官がパトカーを降りて僕の車に近づいてきて、運転席側の窓をトントンと叩く。

僕は窓を開けると、「不審走行ね。ウインカー出さずにフラフラ走っていると危ないよ。後方確認してないでしょう。免許証」と言われ、免許証を提示する。

「習志野ナンバーだね。これから、千葉方面に行くの。今日は横浜でデート?」と余計なことを聞く警察官だなぁ、とちょっと不愉快に思ったが、

「すみません、最近田舎から出てきた『ざいごうもん』なんで、都会の道がよく分からなくて迷っていたものですから」と言い訳をすると、

「『ざいごうもん』おめぇさん、新潟か」

「はい、柏崎です」

「おう、そうけ。オラ、おめぇ、長岡だ」と言いながら免許証を確認する。

「ほんとだ、本籍地、柏崎市だなぁ。おめぇさん、何してんだ」

「今日は、デートです」

「すったらこと、分かっているってば。仕事だべ。す・ご・と」

「公務員です」と言うと、その警察官は、すこし態度が変わり、

「まさか、同業じゃねぇだろうな」と聞かれると、

「国家公務員です。事務官です」と答える。

「そうですか、勤務地は霞が関ですか」と聞かれ、

「今は、違いますが、いずれ霞が関に勤務するつもりです」と言うと警察官は免許証を僕に差し出し、僕が免許証を受け取ると、僕に対して敬礼し、「ご苦労さまです。

くれぐれも交通ルールを守って、お気を付けてお帰りください」と言ってパトカーに戻って行った。

僕は、緊張感から解放されて、ぼうっとしていると、葵が僕の左手の甲に葵の右手のひらをそっと覆いかぶせ、「よかったね」と微笑んだ。僕は、しばらく葵の手の温もりを堪能していた。

葵は、僕の肩に顔を寄せて、「もんちゃん、おかしなお巡りさんだったわね。同郷というのも不思議な縁だよね」と話しながらも、葵は僕の左手を今度は両手で覆うと、

「もんちゃんの手は大きいよね」

「そう、高校の頃からグローブって言われています」

「ねぇ、もんちゃん、手が大きい男の人は、あ・そ・こ。も大きいんだって」と笑みを浮かべて僕の目を見る。

「あそこって、そのぉ、あそこですか」と僕は、下半身がムズムズするような気がして、座席シートの位置を調整するように座りなおした。

「もんちゃん、右手で指拳銃の形を作ってごらん。バァーンってやつ」

僕は、人差し指と親指を伸ばし残りの三本の指を握り拳銃のような形を作って、葵に向けて「バァーン」と言うと、僕の腕を抱え、拳銃の形にした人差し指と親指の長さを図るように、葵の手の大きさと比べ、「やっぱり、大きいわ」と一言。

「これね、指拳銃の法則。覚えなくてもいいけどね」と葵が言った。

「なんだよそれ」と僕は葵が何を言いたいのかよく分からなかったが、落ち着いたので、病院へ向かって車を走らせた。

午後十時半頃に病院に戻ってきた。

葵は「もんちゃんの部屋に行ってもいい？」と言って、僕は断る理由もなく、むしろそれを望んでいたから「ウェルカムですよ。汚いけど」と言うと、

「うん、知ってる」と葵が返す。

部屋に入ると、蒸し風呂のように熱気が籠っていた。そっと開けないと窓枠が外れそうに傷んでいる窓を開け放ち、部屋に真夏の夜の生暖かい風が流れる。病院は小高い丘の上に立地していることと、敷地が広くお化け屋敷を覆うように生い茂った木々がコンクリートジャングルのおかげで、都心に比べると体感温度は二、三度、低く感じられた。

僕は、冷蔵庫から缶ビールを二本取り出し、「飲む？」と進めると「いい」と断る。

「そうか、バーボンは置いてないな」と言うと、

「今日は、お酒はいらない」と言って、冷蔵庫を覗《のぞ》き、コーラを取り出し、ゴクゴクと二口飲むと、「あー、おいしい。ゲップ」と恥ずかしそうに口に手をあてた。

「明日、月曜日か、葵も仕事だろ」

「そうよ。でも、まだ、十一時だし、もうちょっと居てもいいでしょ」

「あぁ、もちろん、いいよ」

「虫が入ってくるから電気消さない？」と葵が天井からぶら下がる蛍光灯のスイッチの紐をポチッ、ポチッと二回引き下ろした。

窓は空いているがレースのカーテンを引き、外から差してくる月明かりでモノトーンの薄暗い空間になると、葵は、身に着けていた、ワンピースの背に手を回すと、ファスナーを下に引き下ろし、バサッとワンピースが床に落ちた。

床に腰掛けていた僕の前には、フリルが施されている純白のブラとショーツ姿の葵が立っている。

僕は目の前に立ちはだかる葵の決して太くない大腿部を手繰り寄せると、両腕を臀部に回しそっと抱きしめた。

葵のショーツのフリルが僕の頬をやさしく撫でる。

葵は、体中の筋肉が緩み、跪くと僕の唇に薄くて小さな唇を重ね合わせた。

僕は、葵の背中に手を回しホックを外すと、胸部を締め付けていたブラは、張り裂けた風船のように力なく床に落ちていった。

葵は、部屋の真ん中に敷きっぱなしの布団に横向きに倒れこむ。

僕は、ほぼ膨らみのない葵の胸部に頬を寄せ、乳首に唇をあてる。脱力していた葵の体に一瞬電気が走ったのか、体中の筋肉が硬直する様子が窺えた。

葵の肌は、レースのカーテンを通して差し込む月明かりに照らされて青白く光っていた。

僕は、膨らみのない胸部を左手で覆いながら、右手は肌の滑らかな感触とそれを阻むように覆うショーツのフリルのザラついた感触を交互に確かめていた。葵は、少し脚部の力を緩めた。


僕の右手の人差指と中指と薬指は小指を従えて、デルタゾーンの冒険に出掛けた。デルタゾーンは、亜熱帯ジャングルを襲ったスコールの直後のように湿地帯と化していた。湿地帯の探索を続けると、奥の方に聖水が溢れ流れだしている洞窟を発見した。中指は、恐る恐る洞窟に侵入しようとするが、中指は人差指と相談し、いったん引き返すことにした。

すると、先に退く親指の付け根部分が固い壁面に擦れる。

「アーン」という妖艶な声が僕の耳を貫く。その声に刺激され、再び探検することを決意する。中指は、聖水がせせらぐ洞窟にとうとう侵入した。入口の狭い洞窟は、中指の第一関節まで侵入を試みるが、洞窟の壁面が急に縮まり中指を締め付ける。中指は慌てて引き返すが、その不思議な体験がより一層興味を煽る。

もう一回侵入すると、「イイー」と淫声とともに激震が指たちを襲う。少し間をおいて、締め付けていた壁面が少し緩んだ。

今だとばかりに、人差指を連れて中指とともに侵入を試みる。うまく侵入することができたと感激していると、「ウ、ウーッ」と苦痛から解放され安堵したかのようなトーンの低い吐息が聞こえる。

中指と人差指は、神秘的な洞窟の中の様子を窺いながら出入りを繰り返していると、とうとう神の怒りに触れたのか洞窟は壁面ごと逆さにねじれるように洞窟が動き出し、指たちから離れていった。

探検隊がしでかした行動により僕のウェポンは戦闘態勢が整うこととなった。

僕の所持するバズーカ砲は天井にむいてすぐにでも発射可能な状況にある。

バズーカ砲の先端には、さっきまで探検していた洞窟とは異なる別の洞窟が現れたと思うと、生暖かく湿った洞窟に飲み込まれてしまった。その別の洞窟の中には、巨大なナメクジのような生き物が宿っていて、バズーカ砲にしっとりと絡みついてくる。

僕は、「エ、エーッ」と声をあげる。

別の洞窟の開口部には、薄くて柔らかい二枚の花弁で囲われており、その花弁がバズーカ砲の先端を往復しながら摩擦する。その間も巨大ナメクジはバズーカ砲に絡みつく。時折、バズーカ砲は洞窟から抜け出すこともあるが、巨大ナメクジだけが纏わりついてくる。

バズーカ砲の先端の摩擦による刺激は、僕の発声することを我慢している声帯を制御不能にし、「オッオー」と声が出てしまう。

僕は、バズーカ砲のトリガーをいつでも引くことができる状態にあったが、まだそのタイミングではないことは意識していた。

洞窟と巨大ナメクジはバズーカ砲から遠ざかり、薬指と人差指が探検していた洞窟がバズーカ砲の近くに再び現れるとバズーカ砲を洞窟の入口に招き入れようとされる。バズーカ砲の先端は、優しく覆う手のひらが触れると次の瞬間、トリガーを抑えきれなくなり、僕の意に反しバズーカ砲は暴発してしまった。

「もうぉーん、バカ」

脳内で生成されたエンドルフィンは、神経という全身の張り巡らされた配線を駆けずり回ると、暫し恍惚な時が流れた。

僕と葵は、横になって天井を見ながら、しばらくぼうっとしていた。

「もんちゃん。指拳銃の法則って何か教えてあげる」

僕は、右手で指拳銃の形を作った。

「これに、なんの秘密があるの」と僕が尋ねると、

「人差指と親指を目いっぱい広げてごらん」と葵が僕の指拳銃の人差指と親指の先を

つまんで広げる。

「この人差指と親指を結ぶ長さが、あなたのサイズなのよ」

「何のサイズ」と僕が聞くと、コルトジュニアポケットサイズに縮まった僕の股間に葵は触れた。

「嘘だと思ったら、また、大きくなった時にあててごらんなさい。そうね。明日の晩に、もう午前零時を過ぎたから今晩ね」と言うと葵は、起き上がりササッと下着と洋服を着た。

僕は、看護学校でそんなことを学ぶのかと感心したというか、あきれた。

「じゃね、この続きは、今晩。麻雀しちゃだめよ」と言って、新聞の折り込みチラシの裏側にマジックで何か文字を書くと、「画鋲ない」と聞かれ、壁に貼り付けてある矢沢永吉のポスターの四隅の画鋲のうち下の二つを剝ぎ取ると、その紙を持ってドアを開けて出て行った。

僕は、葵の後ろ姿を見送り、振り返ってドアに張られた紙に目をやった。

『雀荘もん太　本日休業』

矢切のテラちゃん

一九八五年四月一日。

僕は、五年間勤務していた医事課を離れ、会計課歳出係に配置替えとなった。同じ日付で麻雀好きの浅田哲也は、予想どおりに本省へ異動した。小佐田俊哉さんは庶務課人事係へ、鈴田健四郎は会計課補給係に配置替えとなった。

病院の管理部門は、外来棟の二階にある。院長室や総看護師長室、事務部長室など幹部部屋と庶務課、会計課の事務室が並んでいた。

歳出係は、病院の財布を預かる重要なポストだった。病院にかかる人件費、物件費など全ての費用の支払いを行う係だ。

僕の席の向かいの席には、施設整備係で寺川兆次《てらかわちょうじ》さんという年齢は僕より十二支ひとまわり上で、角刈りの髪型に厳つい体形、強面で、屋外活動が好きなものだから、肌の色は年中小麦色をしていた。

寺川さんは、僕が採用された五年前にはすでにいたので、僕は採用されて間もないころから知っていたが、机を並べて仕事するのは初めてだった。

彼は、この病院で、いや、関東管内の国立病院では知らない人はいないほど、有名な存在であった。

有名というと聞こえは良いが、一般的には悪名といった方が適当な表現なのかもしれない。

病院内では、ほとんどの人が寺川さんの悪口を言う。逆に良い噂話は一つも入ってこなかった。言わば嫌われ者である。どこの部門においても寺川さんが来ることを嫌う。ただ距離的に近づいてくることすら嫌う人が多かった。寺川さんが廊下を歩くと人がよけて通るといった具合である。

僕は、医事課に在籍している頃から、寺川さんが仕切っている草野球チームを通じて交友があった。野球のメンバーに不足が生じると、たまに借り出されていた。僕は、小学生の頃はよく草野球をしていたが、その頃以来、野球には縁遠かった。しかし、運動は好きだったので、上手くはないが、誘われると率先して野球チームに参加していた。そんなこともあり、僕は寺川さんが嫌いではなかったし、寺川さんも僕に対しては悪意を抱いてはいなかったと思う。

寺川さんは、なぜ悪名高き人なのかというと、とにかく短気で気性が荒く、誰とでもすぐ喧嘩をしてしまう。そして、すぐ手を出してしまうから、暴力事件に発展してしまう。特に酒が入るともう手のつけようがなかった。

暴力事件で処分を受けたことが一回や二回ではないはずだ。年齢的には中堅クラスの係長になっていても不思議はないのだが、彼の悪名は本省にも知れ渡っており、昇任試験を受験するも必ず落とされる。それが、彼の怒りを増幅させることになり、彼の処遇は悪循環を繰り返していた。

寺川さんは、千葉県内にある他の国立病院からこの病院に一九七十年代に異動して来たと聞いた。

赴任してきたときには、一九六十年代のコンバーチブルのアメ車で職員玄関前の職員駐車場に乗り付け、白いスーツを着て颯爽と降りてきたという話をこの病院の生き字引のおばちゃん事務官から聞かされた。

その光景が、あたかも自分の目で見たかのように僕のスクリーンに映し出された。噂話ではなく、本当にそういった行動がよく似合う人だったからである。僕のような臆病なビビリ屋は、自分の思ったことを行動に移すことができる寺川さんが格好良く見えたりもした。

しかし、暴力はいけない。

一九八五年六月下旬、僕は、会計課の職員数人と残業をしていた。僕の対面の寺川さんもその日は残業をしていた。

午後八時頃だろうか、階下の職員玄関の辺りで、五、六人の男女が大きな声をあげて話をしている声が聞こえてきた。その騒がしさは、酔っ払いの集団であることは容易に想像できた。

それが、突如としてボリュームがマックスに上がった。

「キャーキャー」「ワッハッハ」と笑い声は夜の閑散とした職員駐車場に響き渡る。

寺川さんは、「やかましいなぁ」と言うと、二階の事務所の窓を開けるなり、「うるせえぞ、コラ。こっちは仕事しているんだぞ、静かにしろ」と声を張り上げると、「おもしれぇや、ちょっと行ってみよう」と事務室を飛び出して行ってしまった。

僕も窓から階下の様子を窺った。するとそこには、面識ある看護師四、五人と医師が一人いた。

病棟の仲間で飲みに行った帰りなのであろう、彼女たちは機嫌よく楽しそうにはしゃぎながら盛り上がっていた。

職員玄関のドアが、内側から開くと寺川さんが彼女たちに向って、「うるせぇと言ってんのが聞こえねぇのか」と絡む。

一人だけその場にいた医師が、「失礼。みんなお酒が入っているので、騒がしくして申し訳なかった」と詫びる。

これで、収まったかと思って、僕は窓から離れ、席に戻った。

「先生、こんな奴に謝ることないわよ」と看護師の一人が医師に話しかける声がすると、次の瞬間、ガッシャーンとけたたましい音が聞こえてきた。

僕は、慌てて、窓に駆け寄り階下を覗く。寺川さんが仁王立ちに立っていて、その周りに少し距離を空けて取り囲む数人の看護師たちとあ然として寺川さんを見て、銅像のように固まっている医師の姿が覗えた。

玄関の横に数台並んでいた自転車が薙ぎ倒され、その自転車に寄りかかるように、一人の看護師が倒れていた。

「キャー」と看護師の叫ぶ声が聞こえ、僕は事務室を飛び出して、職員玄関に向かった。遅れて、やはり残業で残っていた鈴田健四郎も様子を窺いにやってきた。

自転車とともに倒れていた看護師は、すこしふらつきながら立ち上がると、寺川さんに食って掛かる。

「何すんのよ。あんたは、すぐ暴力を振るうんだから。私が何をしたっていうのよ」と寺川さんに罵声を浴びせる彼女の唇からは血が流れていた。

医師は、寺川さんと気の強い看護師の間に割って入り仲裁しようと試みる。

「ちょっと、暴力はいけません。穏やかに話しましょう」と医師は冷静に言う。

ケガをした看護師は口元が痺れていて痛みを感じるまでに少々時間がかかったのだろうか、口元に手を当てると、

「あぁー、歯が折れてる。どうしてくれんのよ。あんた、絶対許さないからね」

寺川さんは仁王立ちのまま、「知らねえよ。お前が俺の前に立ちはだかるから、よけただけじゃねぇか。お前が勝手に転んだんだろ」

こうなったら、殴ったの、殴っていない、の水掛け論だ。埒が明かないやりとりが延々と続く。

しばらくすると、仲裁に入っていた医師も急変して、寺川さんに食って掛かった。

「いい加減にしろ、お前のせいで、女性がケガしたことには違いないだろ。お前がここに来なければこの子がケガすることもなかったんだ」と医師は仁王立ちする寺川さんの襟首を両手で捕まえて睨みつける。すると、待っていましたとばかりに、寺川さんの喧嘩相手は医師へと標的を変える。

僕と健四郎は、先生に殴りかかろうとする寺川さんにタックルするように抱き着くと、「暴力はだめです。やめてください」と必死に宥める。

寺川さんを必死に押さえる僕と健四郎を余所に、その集団は、ケガをした看護師を囲むようにして、病院の中に入って行った。「絶対許さないから」と叫びながら。

「お前ら、何しているんだ」と何事もなかったかのように冷静な口調の寺川さんに少し驚くと、僕たちは誰もいない職員駐車場で男同士抱き合っている姿が恥ずかしく思えて、慌てて抱き着いていた腕を解いた。

事務室に戻ると、「チェッ、おもしろくねーな」とドカッと椅子に座り、僕を見るなり、「ざいごうもん、飲みに行くぞ、付き合え」と寺川さんに誘われる。

僕は、健四郎も誘おうと試みたが、両手でバイバイポーズで軽く断られた。僕は、覚悟を決めて、正面玄関で待機していたタクシーに寺川さんと乗り込み市川駅に向かった。

市川駅の周辺は小岩駅ほど賑やかではないが、少なからず飲食店やネオンを点滅させている店が並んでいる小路がある。

寺川さんとサシで飲みに行くのは、初めてだった。

「ざいごうもん、今日は俺のフルコースに付き合え」と言われ、嫌ですなんて言えるわけもなく、「ハイ」と答えた。どんな店に行くのかも興味があった。

最初に入った店は、カウンター席しかない初老夫婦が営んでいる小料理屋で、店の親父さんが「なんだ、あんたかい」と渋い顔をした。「何だよ。その挨拶は。お客だよ。もっと愛想よくしろよ」と寺川さんが親父に返す。

僕は、聞きづらかったが、さっきの出来事を聞くと、寺川さんは自分の正当性を説いた。

寺川さんによると、ケガをした看護師は以前から知っているようで、どうやら気が強く『生意気な看護師』だそうだ。彼女が酔った勢いで、寺川さんの前に立ち、「あなた、関係ないでしょう。ほっといてよ」と言ったらしい。「仕事している者がいるんだから、騒ぐのだったら病院の外へ行け」と言うと、彼女は「誰が迷惑しているのよ」と食って掛かってきたらしい。そこで、詰め寄ってくる彼女を鬱陶しく思った寺川さんは、彼女を払おうとしたら、置かれている自転車に倒れたということらしい。

そんな、話をしていると「また、気分が悪くなってきた。次、行くぞ」と席を立った。

「お客さん。お勘定」と店主の呼びかけにも答えずプイと店を出て行く寺川さん。

僕は、勘定を済ませ、慌てて寺川さんを追いかける。

次に行った店もカウンターだけの小料理店で、おかみさんが一人で営んでいた。

その店では、「あら、寺さんじゃない。いつも一人なのに珍しいわね」と笑顔で招き入れてくれたが、おかみさんの目は笑っていなかった。

「おかみ、こいつねぇ、俺の後輩なのよ。今日はね、俺に最後まで付き合ってくれるんだってよ」と寺川さんのご機嫌が良くなってきたことに僕は安堵する。

「それはお気の毒にね」とおかみさんの言葉には棘があった。

寺川さんは、「冷」とたのんでコップ酒を水のように飲み干す。

僕は、ビールを少しずつ飲んでいると、

「なんだおまえ、もっとグイッと飲めよ」と寺川さんに勧められる。

「寺川さん、実はボク、下戸で。ビール一本で十分なんですよ」と言うと。『俺の酒が飲めねーのか』とか『俺が鍛え直してやる』とか、酒を強要されるかと思いきや、「そうか、そうか。酒が飲めないのに俺に付き合ってくれるのか。ありがとう」と酔いが回ってきた様子で、赤べこのように首を上下に揺する。

その店を出ると、午前零時を回っていた。もう帰るだろうと思ったが、まだまだらしい。

次に入った店は、またカウンター席しかないスナックだった。

ママが「おや、厄介者が来たよ」と苦虫を噛みつぶしたような顔をして、これまでに寄ってきた店の中で一番あからさまに嫌みをハッキリ言ってのけた。

寺川さんはかなり酒がまわっていた。足取りも少しふらついていた。

「ママ、こいつね、後輩。かわいがってくれ」と僕の頭を小突く。

「あら、そうなの、いつも一人だから、二人で来るなんて珍しいわね」

「こいつはね、今日は最後まで俺に付き合ってくれるんだって。酒も飲めないのに。分かるか、ママ。酒も飲めないのにだよ、付き合ってくれるんだよ」

「そりゃ、災難ね。こんなのに付き合わされて。ウィスキーでいいの？」とママが寺川さんに聞くと、「うーん」と言って、カウンターにうつ伏せる。

ママは、僕にウィスキーの水割りを作るふりをして、ウーロン茶の水割りを作って出してくれた。「ありがとうございます」と言って、喉が渇ききっていた僕は一気に飲み干した。

寝ているかと思った寺川さんが上半身を起こすと、「ママ、こいつは飲めないんだから、一気飲みさせちゃダメ」と言ってまたカウンターに伏せてしまった。

午前一時半頃、そのスナックを出ると、さすがに帰るだろうと、千鳥足の寺川さんを肩で支え、タクシー乗り場に向かう途中に、深夜営業をしているラーメン店があった。寺川さんは「締めはラーメン」とその店に入っていく。

僕は、深夜のラーメン店に入ったことは無かったが、予想以上に客が入っているものだと感心した。

ここでも十席ほどのカウンター席に二席空いていたので並んで腰掛けた。

寺川さんの隣には、明らかに水商売の帰りと思われる派手な衣装に厚化粧の女性がラーメンを一本ずつすすっていた。その向こう隣りにはその女性の連れと思われる太い縦縞柄の上着の下に襟の大きな黒いシャツに深紅のネクタイを緩めているその筋のお兄さんが腰掛けてビールを飲んでいた。

僕は、店に入った瞬間にその二人連れが気にかかっていた。

何か問題を起こさなければ良いがと思った瞬間、

「キャー」と派手な女性が叫ぶなり勢いよく立ち上がった。

「オイオイ、なんだよ。気を付けろよ」とその筋の男が寺川さんの頭を軽く叩く。

寺川さんは、腰掛けていても上体を静止していることができないくらいに泥酔していたので、隣の派手な女性に倒れかかってしまったのだった。

「申し訳ありません」と僕は二人連れにペコペコと頭を下げ、詫びてこの難局を凌ごうとしたが、寺川さんがその状況で酔いがさめたのか、意識が戻ったのか、むくっと立ち上がると、

「てめぇー、俺のこと殴ったな」とその筋の男に食って掛かる。

寺川さんとその筋の男との睨み合いが始まった。

賑やかだった店内が水を打ったように静まり返り、店員も客も静観する。一触即発の状況が暫し続いた。

僕は、二人の間に割って入ろうとひたすらぺこぺこ頭を下げる。

今度は、僕が赤べこになっている。

二人は、睨み合うがどちらも手を出さない。お互いそこは冷静さを失っていなかった。特にその筋の輩は、手を出した方が暴行傷害の加害者になることをよく理解しているのだ。

すると、ラーメン店の扉が勢いよく開くと、二人の警察官入ってきた。店員が通報したのだ。

警察官の制服が目に入ると、僕の腰は床に落ちてしまった。

「お巡りさん、何でもないですよ」とその筋の男は、店主に一万円札を差し出すと、

「騒がせたな」と言い残して、派手な女性とそそくさと店を後にした。

「また、寺さんかい。あんたも公務員なんだからいい加減にしなよ」と警察官が親しそうに寺川さんに話しかける。

どうやら、寺川さんは病院関係以外にもその名は轟いているようだ。

「君は、寺さんの連れかな」と僕に話しかける警察官に、

「はい」と床に腰を落としたまま答える。

「怪我人はいないし、物損は、どんぶりとコップが割れたようだが店主が被害届を出さないそうだから事件にはならないので、もういいよ」と警察官が僕に帰るように促した。

ラーメン店を出たのが、午前三時を回った頃だろうか、寺川さんは、「次」と言ったが僕は無理やりタクシーに乗せた。

運転手さんに「どちらまで」と聞かれ、寺川さんの家を知らないことに気づいた。

「寺川さん、家、どこですか」と再び酔いが戻った寺川さんに大きな声で体をゆすりながら僕は聞く。

「やぎり」と答える。

「運転手さん、とりあえず、松戸の矢切に向かって走ってもらえますか」

「矢切の渡しの矢切ですね。矢切といっても中矢切とか下矢切とか、広いからねぇ。お宅はどのへんなのですかね」

「寺川さん、矢切のどこですか。目印ありませんか」

「小学校」

「運転手さん、矢切小学校で下ろしてください」

　矢切小学校の校門前で、寺川さんを下ろすと、寺川さんはシャキッと直立して、「おう。もん太。ありがとう」握手を求めてきた。握手をしながら、「ここから一人で歩いて帰れますか」と聞くと、「すぐそこ」と指差し、タクシーに乗り込む僕に敬礼をするように額に手のひらを当てる。

　僕は、「国立国分病院にお願いします」と運転手さんに伝えると、「矢切か」と呟き、五年前に満月と矢切まで散歩し、矢切の渡しに乗って柴又までピクニックと称してデートしたことを懐かしく思い出していた。

　柴又帝釈天の参道には『とらや』というだんご屋さんがあって、その店の跡取りは、車寅次郎、通称『フーテンの寅さん』がいるはずだった。僕と満月は、そのだんご屋を探したが、だんご屋さんはたくさんあったが、そのような名称の店は見つけられなかった。

やはり、映画の世界の話なのだと二人で寂しい思いをした記憶がよみがえると、無性に満月に会いたくなった。

今、彼女はどこで何をしているのだろうか。

江戸川の向こうには、『柴又のトラさん』がいて、こちら側には、『矢切のテラさん』がいる。きっとどちらも人情に厚い人に違いない。


それから、二、三日後、寺川さんは、総看護師長室に呼び出された。今回の一件の事情聴取だろう。

その後、どのように決着が着いたのか、僕のあずかり知らぬことではあるが、僕に証言を求められることもなく、寺川さんがその後も異動もせず僕の席の対面に座って仕事をし続けたことが結論なのである。

寺川さんは。上司に注意されたり、叱責されたりして、反省するような人ではない。喧嘩になっても、自分を守るための最後の一手を隠し持っているそんな強かさを僕は感じ取っていた。

寺川さんの素行の悪さは知れ渡っているが、その噂が独り歩きしていくうちに、話は真実とは異なるものとなって伝達されてゆく。それを知っていて、悪人と語られることを楽しんでいるようにも僕には見えた。

そんな、看護師に暴行したかもしれない事件の舌の根も乾かないうちに、会計課の中でちょっとした事件が起こった。

鈴田健四郎は補給係の係員だ。補給係は、院内で使用する物品などを調達し管理することがメインの仕事だ。

ある日、僕が残業をしていると、事務室の近くにある物品倉庫から、「ウワァー」といった叫び声が聞こえてきた。この声は健四郎の声だった。何かに怯えているのか、その声から「助けて」という悲鳴にも聞こえた。

僕は、慌てて物品倉庫のドアを開けると、寺川さんが入り口に背を向けて立っている。

その奥に健四郎が仰向けになって両手のひらを目いっぱい広げて、何かから身を守ろうとして腕を伸ばしている姿が見えた。真っ青な顔をした健四郎は、寺川さんに「う、う。わぁー」というだけ、言葉になっていない。

僕は、その異様な光景を目の当たりにして何が起こったのかさっぱり分かっていないが、寺川さんの右手には、刃渡り四十センチはあると思われる刃物を振り上げていた。

僕は、今にも振り下ろそうとしているその刃物を取り上げなければならないと、とっさに思ったが、飛びつても自分がケガをする可能性もあるし、どうして良いのか分からず、しばらく固まっていた。

「寺さん、何があったのですか」と緊張感が張りつめている倉庫の中で、恐怖感が襲っている自分の心を精いっぱい落ち着かせて、声を出してみた。

「おい、健四郎。お前のいい加減な仕事が、こういうことになるんだ。分かっているのか」と寺川さんが健四郎に向かって怒鳴る。

経緯は分からないが、健四郎が寺川さんの逆鱗に触れるようなことをしたらしいことは想像できた。

僕は、寺川さんの脇をすり抜け、寺川さんと健四郎の間に割り込み、寺川さんの顔を見ると、まるで金剛力士が太刀を振りかざしているように見えた。

「寺さん、とにかく、それを下ろしましょう」

しばらく、硬直状態が続く。

僕は、健四郎をかばうように、寺川さんの前に立ちはだかる。

「寺さん、それを振り下ろしたら、どうなるか分かりますよね。それが分からない人じゃないですよね。寺さん。落ち着きましょう」と僕が説得をする。

寺川さんは、振り上げていた刃物を持った腕を下ろすと、カラカラーンと音を立てて刃物が床に力なく転がった。

その刃物は、手動式の裁断機の刃だった。倉庫に保管されていた裁断機なのだが、裁断機に固定されていた刃の留め金が外れていたらしい。

　健四郎は倉庫の整理をしたところ、この壊れた裁断機の刃を見つけ、子供がチャンバラごっこをして遊ぶように、この刃を振り回しているところに偶然、寺川さんが倉庫に入ってきたようである。

　普通の人ならば、「危ないじゃないか」と言うくらいで済むところだが、それでは済まない人に遭遇してしまったということだった。

　事なきを得たが、これがエスカレートすると傷害事件に発展しかねない出来事だった。

　しかし、寺川さんは健四郎のたわいもない悪戯を不快に思ったことには間違いないだろうが、日頃から健四郎の仕事ぶりに不満を抱いていたことは窺えたので、健四郎を教育したかったのだと思った。その教育方法は、正しかったとは思わないが、寺川さんなりの仕事に対する真摯な姿勢を示す表現方法だったのだ。

　寺川さんは、その夜の宿直当番だった。

　午後八時頃、僕は残業していた。すると、電話が鳴った。

「はい、会計課、西郷です」と応答すると、

「よう、西郷文太様に可愛らしい声の女性から、外線が入っていますよ」と寺川さん

かった。

「もしもし、お待たせしました、西郷です」と答えると、咄嗟に誰かは思い浮かばな
の声だった。

「もん太。もん太なのね」と聞き覚えのある声だったが、

「どちら様でしょうか」と尋ねると、

「わたし、洋子。直江洋子よ」

「えっ、洋子。久しぶりだね。どうしたの、こんな時間に職場に電話してくるなんて」

「だって、あんたの連絡方法は、病院だけだと満月から聞いたから、電話してるんだ
ろが」とずいぶん投げやりな言い方をする。

「満月。満月の連絡先は、洋子知っているのか」と僕が尋ねると、

「その満月が大変なのよ。だから電話しているんじゃないの」と言われても何のこと
やら僕には分からない。

「満月がどうした」

「今、私の横にいるんだけど。具合が悪いのよ。病院へつれて行っていいかな。もん
太だけが頼りなんだよね」

「満月に電話、代わってくれよ」

「だめ、相当苦しんでいるから」

「今どこにいるの、市川駅まで来たんだけど、満月がお腹痛いと言って苦しんでいて、動けないのよ。改札口の近くの公衆電話からかけているの」

「分かった。オラが今すぐ迎えに行くから、そこで待っていろ。動くなよ。十分で行くから」と伝えて、電話を切った。

僕は、慌てて事務室を飛び出し、宿直室に向かうと、

「寺さん。大変だ。オラの友達が具合い悪くて助けてくれって。これから迎えに行くんだけど、病院に連れてきていいかな」

「どこへ迎えに行くんだ」と寺川さんが聞く。

「市川駅」

「すぐ行け。どざえもん」と寺川さんが言ってくれた。

「どざえもんって、縁起の悪い呼び方しないでくださいよ」

僕は、ポンコツセダンを飛ばして、市川駅に向かった。

僕は、駅のロータリーに車を停めて駅構内へ向かって走った。

改札口の横にあるキオスクの横で蹲っている女性二人を見つけるのに時間はかからなかった。洋子は、少し派手な服装をしているのでかなり目立つ。

僕は、駆け寄り、満月と洋子であることを確かめる。

「満月。大丈夫か」と声をかけると、

「ごめんね。もんちゃん」と力なく囁くように答えた。

「洋子。そっちに車、停めてあるから、運ぼう。満月歩けるか」と声をかけると、重たそうに腰を持ち上げ、僕と洋子が満月の両脇を抱えながら駅の構内を一歩ずつゆっくりと歩く。

階段まで辿り着くと、僕は満月の両足を右腕で抱えて、左腕で上半身を抱き、持ち上げると一気に階段を駆け下りる。勢いよく持ち上げた満月はそのまま宙に浮くかと思うくらい軽く、僕の記憶にある姿よりも確実に痩せ細っていた。

ふと、足に目をやると、下半身から血がしたたり落ちている。

僕は息を切って走ってきたポンコツセダンを病院の正面玄関に横付けし、満月を後部座席から抱きかかえて下ろし、抱きかかえたまま救急入口から救急診察室に運び込んだ。

寺川さんから事情を聞いていた宿直の看護師長は、ベッドに横にさせるよう指示し、カーテンをサッと閉めた。

看護師長は、満月から事情を聞きカーテンの中から出てくると、医師に電話し容体を伝えた。

「あなたたちは、廊下で待ってなさい」と看護師長に言われ、僕と洋子は外来待合ロビーに出た。

僕は、当直室に入り、「寺さん、すみません」と言うと、寺川さんは前もって準備していた申込用紙を僕に渡し、「早く、書いてこいよ」と言う。

ロビーに出ると、洋子を呼び寄せ、「分かる範囲でいいから、申込書を書いて」

それを書き終えると、宿直室にまた戻る。

「僕がやりますから」と寺川さんに言い、僕はカルテを作成し、診察室の看護師長に渡す。

まもなく、当直医が現れ、診察を開始する。

診察が終わるのを待っている間、僕は洋子に質問した。

「申込書の住所は、新小岩のアパートのようだけど、満月と一緒に住んでいるのか」

「うん」

「一年以上前だけど、小岩で満月に会ったんだ」

「うん。聞いた」と洋子は俯きながら僕に答えるが口数は少なく、以前の洋子のような活発な印象は失せていた。

「お前たちは、どうなっているんだよ。大学は卒業したのかよ」

「私が、悪いのよ」と洋子が悔やむように僕に語る。

「私は、大学三年生の時に中退したの。二年生までは、真面目に通っていたのだけれど、小遣い欲しさに水商売のアルバイトを始めたのがきっかけよ。後は、大体想像がつくでしょう」

「それで、満月も同じ道を歩んだってわけか」

「満月は、卒業したわよ。彼女は私とは出来が違うもの。でも、卒業した後が良くなかったのよね。就職しようとしたのだけれど、上手くいかなくてね……」洋子は、そこから先、もっと口が重くなった。

僕が、洋子にもっと詳しく話を聞こうとした時、病院の廊下の奥から白衣を着た葵が駆け足で近づいてきたかと思うと、救急診察室に入って行った。

すると、診察室から看護師長が出てきて、

「ちょっと、もん太さん。先生が呼んでいるから入って」

僕は、洋子と一緒に診察室に入る。

先生が僕に話しかける。

「ご主人、残念ですが、流産ですね。妊娠しているのに、こんなに痩せてしまって、無理をされたのでしょう。ご主人の心中お察しいたしますが、奥様を大事になさってください」

僕は、開いた口が塞がらない状態で、医師の横に立っていた葵の厳しい視線が僕の胸に突き刺さった。

僕は、慌てて葵の方に向かって「違う、違う」と口だけ動かすが声にならない。両手を振りジェスチャーで否定するも、葵はふくれっ面をしてそっぽを向いた。

「日向君、処置をするので、オペ室の準備を頼む」と葵に指示すると、葵は救急診察室を飛び出して行った。

「君は、職員だそうだね」と当直医に聞かれ、

「はい、そうです。会計課の西郷です」

「西郷。患者は宇佐美さん。君たち夫婦じゃないの？」と当直医がやっと気づいた。

『葵がいるうちに気づいてくれよ』と思ったが、後の祭りだ。

「宇佐美さんとは、友人なのですが、僕を頼って来たのです」

「そうか。早とちりしたな。ごめん、ごめん」と当直医が僕に謝る。

「処置のあと回復するまで時間がかかりそうなので、入院だな」と当直医は産婦人科病棟に電話をした。

「家族とは、連絡取れるのかな」と当直医が聞くが、

「わたしが、彼女の身内みたいなものです」と洋子が申し出る。

「では、処置の後に、詳しく説明しますので、手術室の前の待合室でお待ちください」と当直医が言うと、満月を乗せたストレッチャーとともに洋子と僕も手術室へ向かった、
　ストレッチャーが手術室の中に入って行く。

手術室のドアが開くと、そのドアの向こう側に、髪を全て覆うキャップを被り、顔の面積の半分以上はマスクで覆われ、上下薄いブルーの白衣姿のオペ看が待ち受けている姿を確認した。

その者が誰であるかは、キャップとマスクの間から覗く両目だけで、僕には葵であることが分かったが、その目つきは、僕の知っているいつもの葵の目つきとは異なり、これから戦場に向かう戦士のように鋭い力強い目つきに変貌していた。

僕は、さっき救急診療室で医師が誤解したことを葵に否定したかったが、とてもそのような言葉を交わすことができる状況ではなかった。

僕は、洋子と手術室前の廊下にあるベンチに腰掛け処置が終わるのを待っていた。人の気配が失せた病院の廊下で、二人は沈黙したまま、ただ時が過ぎるのを待つ。

僕は、大学卒業後の満月に何があったのか、どうしてこのようなことになってしまったのか、流れた子の父親は誰なのか、父親なる男は何故この場にいないのか、何故満月は僕を頼ったのだろうか、知りたいことは山ほどあったが、沈黙している洋子に対して聞く勇気が失せていった。

おそらく、洋子も僕に対して何か話さなければいけないという気持ちはあるのだろうが、何をどこまで話したらいいのか躊躇していたのかもしれない。

互いに、口を開こうとするが、言葉が出てこない。

たまに「コホォ、コホォ」と咳をする。僕も「うぅーん」と唸ったりするが、言葉にならない。

一時間ほどすると、病棟の方からパタパタと足音がこちらに近づいてくる。二人の看護師が僕たちの前を横切り手術室の中へ入って行く。

閑散とした廊下に手術室の扉が開閉する音が響き、看護師が通り過ぎたことにより発生した微かな空気の移動が僕たちの顔を冷たく撫でる。

看護師が廊下の照明を点灯させると、ほの暗かった廊下がまるで夜が明けたかのように明るくなった。

手術室の奥からストレッチャーの車輪が回る音が聞こえてきた。手術室の扉が開くと先ほど入って行った二人の看護師がストレッチャーを押しながら出てきた。

「お付き添いの方ですか」と僕たちに問いかける。

僕は「はい」と答えるが、洋子は心配そうにストレッチャーに横たわっている満月の傍に駆け寄る。満月は、眠っているようだった。

「では、病棟にご案内します」

ストレッチャーが動き出す。

僕は、満月の顔を確認し、視線を手術室の入り口に向けると、葵が見送るようにこちらを向いて立っていることに気付く。

洋子は、ストレッチャーに張り付くようにして看護師とともに廊下を進んで行く。僕は、葵の視線に縛り付けられるように身動きできなくなった。

僕は声の出し方を思い出し、堰を切るように言葉が勢いよく流れ出す。

「さっき先生が言っていたことは、あれは誤解だから。僕は彼女とは何にもないからね。ただの友達で……」と僕の言い訳を制するように、

「そんなこと分かっているわよ。バカ」と葵が怒鳴る。

葵の顔をよく見ると、二つの円らな瞳には今にも溢れんばかりの涙で潤っていた。

「早く行きなさいよ」と言って、振り返る葵の目尻から零れた涙が遠心力で手術室の扉に飛び散って弾ける瞬間を僕は見逃さなかった。

僕がストレッチャーを慌てて追いかけると、産婦人科病棟へ入って行くところだった。

ストレッチャーは、一人部屋の病室に入って行った。

二人の看護師が満月を鮮やかな動作でベッドへ移す。その僅かな衝撃で満月は薄目を開けた。

「宇佐美さん。目が覚めましたか」と看護師が満月に声をかける。

満月は、頷く。

「まだ、麻酔が効いていますから、一人で立ち上がらないように気を付けてください

ね。何かあったらナースコールを押してください」と言い残して、看護師はナースステーションへ戻って行った。

僕は、ベッドの脇で屈み「大丈夫だよ。もう痛くないだろう」と満月に話しかけると、満月は、力が入らない様子のか細い声で、

「もんちゃん。ごめんなさい」と言いながら体を起こそうとする。僕はそれを制し、

「起きちゃだめだよ。そのまま。もう遅いから僕は出て行かないと看護師さんに怒られるから」

満月は、細い指を差し出して僕の手を握る。

「大丈夫だよ。また明日、顔出すから」

「もんちゃん。ごめんなさい。ごめんなさい。ごめんなさい」

すると、満月は勢いよく上半身を起こすと、僕に抱き着き、悪戯した幼子が父親に叱責され母親の胸元に抱き付き泣くように、「ワァーン、ワァーン」と体を震わせ腹の底から声を振り絞って泣き崩れた。

しばらくすると、泣き疲れた子供のように眠ってしまった。

時計の針は、午前一時を指していた。

「もん太。私は付き添うわ」と洋子が言った。

僕は、手術室の前で待っている時に頭の中を巡っていた様々な疑問がどこかへ失せ

てしまっていた。

「じゃ、洋子、後は頼む」と言って病室を後にした。

僕は、宿直室に顔を出そうと正面玄関に向かったが、宿直室の明かりが消えていることを確認すると職員通用口へ回り宿舎に帰った。


僕は、床に就くが頭が冴えて眠れなかった。

満月は、なぜあのような姿に変わってしまったのか、やはり気になってしょうがない。

可憐で清楚だった乙女を、僅か数年で妖艶な大人の女へと変貌させたかと思うと、自分の体を切り刻んでまでも生きて行かなければならない道へと導き、あのように悲運な女に変貌させてしまったのか。

東京という大都会が憎らしく思えると同時に恐ろしく思った。

何故、僕は満月に手紙を送り続けなかったのだろうか、そうすれば、今の満月ではなかったかもしれないと悔いる。

満月がもがき苦しんで辛い思いをしていることを知らずに僕はその東京という大都会を楽しんでいたのだと思うと自分の不甲斐なさを恥じ情けなくなった。

そんなことを考えても何も解決はしない。時は前にしか動かないのだから。

僕は、葵のことも心配だった。

さっき、見せたあの泪は何を意味しているのだろうか。単に一つの命がこの世に落ちることなく消え去ったことに対する悲しみの涙なのか。それとも、満月に対する憐みの涙なのか。

もしかすると、僕を恨んでの涙なのか。おそらく、葵は、満月が僕と以前付き合っていた女の子だということは察知しただろうが、今も継続して付き合っていると誤解したのだろうか。

僕は、頭の中が混乱すれば混乱するほど、寝付けなくなってしまう。気が付けば、窓の外は薄明るくなってきた。


朝、出勤すると当直明けの寺川さんが始業時間に少し遅れて着席する。寺川さんは、昨夜のことに一切触れなかった。

僕のことはそっちのけで、健四郎を呼びつけ説教を始めた。

僕は、満月が入院していることに安心していたので、業務が終了してから見舞いに行くことにした。

産婦人科病棟は、職員であっても訪問するのは気を遣う。面会時間も午後三時から午後八時までなので、面会時間帯の方が訪問しやすい。

午後六時頃、僕は産婦人科病棟に向かった。

昨晩、入院した病室に行くと、名札が下げられてなく、部屋の扉も開けっ放しだった。

僕は、あ然とした。

病室に入るまでも廊下から部屋の様子が窺える。個室なのでベッドは一つしかない。そのベッドは綺麗に整えられていたし、人の気配がしなかった。

僕は、大部屋に移動したのかと思いナースステーションに聞いてみることにした。

ナースステーションに病棟師長の姿を見つけたので、

「師長さん。宇佐美満月さんは部屋を移動しましたか」と尋ねてみた。

「あれ、西郷君。聞いてないの。宇佐美さんは、午後、退院したわよ。いやだ、西郷君の知り合いだって聞いてはいたけど、彼女たち挨拶しないで行っちゃったの？　困った娘たちねぇ」

「えぇっ。そうなんですか。知らなかった。師長さん、宇佐美さんは高校の同級生なんですよ。連絡してみますので大丈夫です。お世話になりました」とお礼を言って、医事課に向った。

医事課に入ると、石田さんがいたので、「昨夜の急患の申込書を見せてもらえませんか」とお願いした。

どこに書類があるかはよく知っていたので、自分で調べて、住所と電話番号をメモした。

「もんちゃん、聞いたよ。美人らしいね」

「石田さん、誰から聞いたんですか」

「もう、病院中、知らない人いないんじゃないの」

「石田さん、話を膨らませないでくださいよ」と釘を刺しておいた。

僕は、正面玄関脇にある公衆電話でメモした番号にダイヤルを回した。

「オカケニナッタデンワバンゴウハゲンザイツカワレテオリマセン。……」

僕は、メモを間違えたのかと思い医事課に引き返し、申込書と照らし合わせた。間違っていなかった。

「洋子のヤツ、デタラメ書きやがったな」と呟く。

満月が僕に黙って退院してから、一週間が経過した。

僕は、いつもの生活パターンを戻しつつあった。

いつもの生活に足りないことは、葵があの日から僕の前に姿を見せていないことだ。

僕は、我慢できずに男子禁制の看護師寮を訪ねることを決意した。

葵の寮は、三ＤＫタイプの世帯用宿舎に三人の看護師が同居している。

僕は、午後七時頃、葵の宿舎の扉の前に立ち、呼び鈴を鳴らした。ドアの中から、

「どなたですか」と葵とは違う声がした。

「夜分すみません。西郷と申しますが、日向さんはいらっしゃいますか」

ドアが開くと、棚橋幸子が「西郷君、珍しいじゃない。あおいー。もん太さんが来ているよぉー」と叫んだ。

「はぁーい」と返事が聞こえると、奥の方から葵のシルエットがこちらに向かってくる。

さぞかし怒っているだろうなと覚悟をして、葵が出てくるのを待っていると、

「あら、もんちゃん」とケロッとした表情で僕を見ると、いつもの笑顔でニコッと笑った。

「時間ある？」と僕が尋ねると、

「今晩は、雀荘は休業ですか」と問われた。

「うん」

「じゃ、そうね、三十分後、もんちゃんの部屋に行くから」と言うと、葵は右手で拳銃の形を作った。

「分かった。待っているよ」と僕も指拳銃を作った。

僕は、部屋に戻ると、『本日休業』の張り紙をドアの表に張り、葵が来るのを待っ

た。

　きっちり三十分後、葵は現れた。どうやら風呂に入ってきたようで、髪が濡れていることがそれを証明していた。

「もんちゃん、ドライヤー貸して」入ってくるなり、そう言うとドライヤーで濡れた髪を乾かし始めた。生暖かい風に運ばれて甘いシャンプーの香りが僕の鼻先を撫で、その香りが僕の股間を刺激した。僕は、耐えきれず葵を押し倒す。


　僕と葵は、二人並んで天井を見つめていた。

「宇佐美満月のことは聞かないんだ」と僕がぼそっと言うと、

「なんで今、それを言うのよ。あなたは、とても優しい人だけど、デリカシーというものが足りないのよね」

「ごめん」と僕が謝る。

「あのね、もんちゃん。彼女は、あなたのことを今でも慕っているのかもしれないわ。私の気持ちも穏やかではなかったのよ。でも、今日、あなたが私を誘ってくれて、わたしは、今、あなたの隣にこうして寄り添って居るのよ……。これが全てでしょう」と僕が予想していた重い空気を吹き払うように葵が明るく答えると、僕の心に光を閉ざしていた重厚な扉が音を立てて開いて、解き放たれた扉の向こう側には、瞼を開いていられないほどの閃光を背に微笑んでいる女神が見えた。
「葵ちゃん…、苗字を変えないか。西郷に」と僕の口はさらりと言ってのけた。
葵は、勢いよく上半身を起こし、僕を見つめる。
その瞳からは大粒の涙が零れ落ちた。

霞が関

一九八七年四月一日午前九時三十分。僕は、東京都千代田区霞が関の二十六階建ての高層ビルディングを見上げていた。

「でけぇビルだなぁ…、さぁ、行くぞぉ」と自分に気合を入れ、社会保障省の正門を入ろうとした瞬間、ガードマンが僕の前に立ちはだかり、「身分証をお見せください」と入館チェックに引っかかってしまった。

「ボクは、怪しいものではありません。今日、辞令をもらうことになっていまして……」とその場にしゃがみこみカバンの中をゴソゴソ探ると、病院から貰ってきた『社会保障省に出向させる』と書かれている辞令を見せた。

ガードマンは、僕に敬礼をして「どうぞ」と通してくれたが、出勤ラッシュの時間帯に通行妨害をしてしまったので、通り過ぎる職員の冷たい視線を浴び、僕の体温は急上昇し、大汗をかいている自分に気付いた。

僕は、葵と一月前に結婚式を挙げて間もなく、本省への出向を命じられたのだ。

僕が病院に採用されてから七年経過していた。

これまでに幾人もの先輩や同僚たちが本省に引き抜かれていく姿を、ただ指をくわえて見ていた。

僕は、本省へ異動していく人たちに対する羨望の気持ちが年を経るごとに強くなっていた。それは、本省に引き抜かれるか、国立病院において係長昇任試験を受けるのか、岐路に立たされる年齢が迫っていたからだ。

心の内では、（オラも中央官庁で活躍したい）と思っていたが、それを口に出して上司に要望したことは無かった。

僕の意欲とは裏腹に、（本当にお前にできるのか）と幾度も自問自答を繰り返していたのだが、本当のところは自分に自信が持てなかったのだろう。

しかして、事務部長をはじめ幹部が揃って僕を本省に移籍することを勧めてくれた。無論、僕は喜んでこの人事を受け入れた。

霞が関の高層ビルの二十階にある会議室で辞令交付の儀式が行われた。

この部屋の窓からは、霞が関の官庁界隈から新宿の高層ビル群が一望に見渡せた。

その景観の中で一際目立ち威厳を持って座している国会議事堂が真下に望め、僕の緊張感をより一層高めると身震いが襲ってきた。

順番に辞令が交付される。そして僕の順番が来た。『大臣官房会計課支出係に配置する』と書かれている辞令を大臣官房会計課長から頂いた。

こうして、僕が夢に描いていた中央官庁の勤務は始まった。


霞が関における勤務は激務だと病院の幹部から聞かされてはいたが、思っていた以上に体力的にも精神的にも過酷なものであった。毎日深夜に及ぶ残業、時には夜通し、幾日も自宅に帰れない日々が続くこともある。これが中央官庁の勤務実態であった。

そうやって、鍛えられながらあっという間に五年の歳月が流れていった。

僕は、中央官庁に勤務することになってから、今まで無関心だった政局に否が応でも興味を注ぐようになっていた。

一九九三年七月の衆議院議員総選挙が行われ、数十年与党を堅持してきた民自党が大敗し、与野党逆転現象が起こった。

一九九三年八月九日には、新日本党党首の細山首相が誕生し、社会党、生新党、新党とどろき、明公党などによる連立政権が誕生する。しかし、この連立内閣は長続きせず、一九九四年六月三十日には、民自党が巻き返し、社人党党首の山村氏を首相に担ぎ、社人党、民自党、新党とどろきの三党連立内閣が誕生する。

一九九六年一月十一日には、山村首相が急遽辞意を表明し、連立政権を維持したまま、民自党党首の橋木龍之助内閣が誕生する。

そして、その内閣で社会保障大臣に就任したのが、新党どろきの間直樹氏であった。

一九九六年一月十一日に就任した間大臣は着任するや否や、薬害エイズ事件の原因解明に着手した。

薬害エイズ事件は、一九八十年代にヒト免疫不全ウイルスに感染した外国の供血者からの血液を原料に製造された血液凝固因子製剤を、ウイルスの不活性化を行わないままに流通させ、治療に使用したことが被害を拡大させたと、被害者による原告団が国などの関係者を相手取って訴訟を起こしたものであった。

間大臣が就任した時点で焦点になっていたことは、一九八十年代の資料により国及び当時のエイズ関係会議に参画していた学識経験者や社会保障省幹部に瑕疵が無かったのか、または、被害が拡大することを承知の上で流通を阻止しなかったのかということを明らかにすることだった。

これまで、社会保障省の担当部局は、十年以上前のことなので、該当する資料は無いという姿勢を崩さなかった。

ところが、間大臣就任の二週間後に資料が発見された。

僕は、その時大臣官房会計課の契約係長に就いていた。

薬害エイズ事件は、省内で起こっていた事件であり、自ら動かなくても情報が独り歩きしてくるから僕も承知はしていたが、まさか、この事件に関連した仕事が降ってくるとは思っていなかった。

この資料が発見されたとの大臣記者会見の直後、担当部局の経理事務担当者が僕に尋ねてきた。

「薬害エイズ事件関係資料が発見されたことは、ご存じですよね。実は、大臣の命令により、この資料の写しを明後日に公表することになったのです」

僕は、にわかに相談されている内容を推察することができなかった。

「問題は、資料の量なのです。B４サイズのフラットファイルを平積みに積み上げると……」と言って彼はすっくと立ち上がると、胸の高さ辺りに腕を持ち上げて、「このくらいの高さになります。ページ数はまだ数えていませんが相当量です。それを、マスコミはもちろんのこと、国会議員や関係者に配布するので少なくとも二百部以上は用意しなければなりません。一晩でこれだけの量を刷り上げることができないものかご相談に来たのです」

僕は、そこまで聞くとようやく理解できた。

社会保障省におけるほとんどの契約行為は大臣官房会計課の契約係に任されてい

る。省内の各部局でそれぞれ勝手に契約することができないように牽制作用が働いているのだ。

会計法令では原則一般競争入札により契約業者を選定しなければならない。

一般競争入札を実施するためには、最短でも一週間の手続き期間が必要となるが、今回の場合は、明後日の昼に納品することが絶対条件となることから、業者選定方法に選択の余地は無く、随意契約により業者を選定するしかないのだ。

「時間がないのなら、とにかく印刷原稿を提出してください」

「印刷原稿は、今作業中です。どんなに急いでも明晩までは時間がかかります」

「それじゃ、無理ですよ」と僕は断るが、

「大臣命令なのです。もう公言されていますし、これができなければ、内閣の責任問題にも発展しかねません。何とかご協力いただけませんか」と部局の担当者は引き下がるつもりはない。

「作業とは、何をしているのですか。見つかったファイルをそのままコピーすればいいじゃないですか」と尋ねると、

「そういう訳にはいかないのです。個人情報があちらこちらに書かれているのです。その部分をマスキングした後に公表しなければなりません」

「なるほど…それでは、総枚数と印刷部数を取り急ぎ教えてください。上司に相談し

ます」と部局の担当者に指示して、僕はすぐさま政治的な緊急性を理由に随意契約を行うことはやむを得ないとの理由書の作成に着手した。

印刷枚数を予測し計算する。その膨大な枚数をコピー機で刷り上げた場合、コピーするのに一枚当たり何秒かかって、それにページ数を掛けて何時間かかり、それを二百部以上刷り上げるのにコピー機は何台必要かなど、その膨大な業務量を計算する。

では、印刷会社に発注したとして……、と考えた時に僕はふと気が付いた。

平積みで百二十センチほどの高さになる書類を二百部以上もの膨大な数量を僅か一晩で納品してくれる業者がいるだろうか。それも、夜通しの作業が必須なのだ。

僕は、急いで印刷業者を十社ほど集めた。日頃から数万円の小さな仕事も快く引き受けてくれている業者ばかりだ。長年取引のある信用のおける業者を選んだ。それは、公表時間前に資料の内容が部外に漏れてはいけないからだ。

「西郷係長さんが、わしらを信用してくれて、頭を下げて頼まれたんじゃ、嫌とは言えんじゃろ」と印刷業者のうち最長老と思われる社長が言ってくれた。

僕は、無理なお願いを引き受けてくれた業者の皆さんの気持ちが嬉しかった。商売だから当たり前なのかもしれないが、人としての信頼関係もそこには存在すると確信した瞬間でもあった。

僕はそこまでの道筋を整えたところで、緊急のりん議に諮った。このりん議を否決する上司は一人もおらず、実行に移すまで大した時間を要さなかった。

担当部局と契約係は、マスコミに漏れることに細心の注意を払った。

僕は、印刷原稿を印刷業者に渡す場所を目立たないように、担当部局と契約係とも離れた会議室を押さえ、そこに資料公表の前日の午後十一時に業者に集まってもらった。

担当部局から出来上がり次第、順次、印刷業者に原稿を渡し、校正なしの写植印刷を発注した。最後の業者に原稿を渡せたのは、日付が変わって公表当日になっていた。

公表は、午後一時である。資料の膨大さから、公表の場所は、庁舎内の講堂である。講堂のある建物の横には広い駐車場があり大型トラックが横付けできるので、納品作業にも都合がよかった。

公表当日の正午に納品する約束になっていた。納品には僕と部局の担当者が立ち会い、午後一時十分前には、全ての業者の納品を終えた。

午後一時前、ぞくぞくと集まるマスコミ各社で講堂の前のロビーは混雑していた。記者のみならず、テレビカメラやカメラマンも集まっていた。

午後一時になり講堂の扉を開く。

山のように積まれた資料の量に、「うわぁー、何だこれ」とか「すげー量だな」と上がる声とともに、日中であるにもかかわらず眩しいほど無数のフラッシュがたかれる。

秘書官

一九九六年六月。僕に転機が訪れた。

中央官庁では、例年通常国会が閉会した六月下旬以降に幹部（キャリア）の人事異動が行われるのが慣例だ。

六月の中旬のこと、僕は人事担当管理官に呼び出された。

「西郷君、君は七月から大臣官房長の秘書に異動となる。官房長の秘書は、今までは省内のいろんな部局から優れた人材が登用されてきたが、そろそろ大臣官房の人材を登用しても良いのではないかということになって、君に白羽の矢が立ったということだ。

官房長秘書に会計課から人材を送るのは、省発足以来、初めてのことだから、しっかりと職務を全うするよう頼むぞ」と内示を受けた。

僕は、職責の重大さに戸惑いもあったが、大臣官房という組織の中で十年経験してきた業績を評価されたのだという自信が僕の背中を押した。

秘書の業務には、今まで培った知識がほとんど役に立たない未知の世界ではあったが、大臣官房会計課が全面的にバックアップするとの上司の言葉が僕を安堵させた。

その内示を貰った夜、急いで帰宅すると葵にすぐさま報告した。

「葵ちゃん、大変なことが起こったよ」

「もんちゃん、何やらかしたの」

「僕は何もやらかしてなくて、僕の上司がやらかしてくれたんだよ」

「どうしたのよ」

「僕が官房長の秘書になるんだって。七月から」

「へぇー。そうなの。官房長って何」

僕は、葵に組織のことを説明すると、

「もんちゃん、すごいじゃない。大出世」

「別に僕が偉いんじゃなくて、偉い人の付き人をするだけなんだ。まだ、何をしたらいいのかよくわからないけど、とにかく忙しくなると思うんだ。ちょっと、不安だけどね」

「今までだって、帰りは午前様ばかりじゃないの」

「ごめん。だけど今度は秘書だから、自分の都合はないものと思わなければならないんだよ」

「もんちゃんはその仕事やりたくないの？」

「いや、やる気満々。でもちょっと不安」

「もんちゃんには、私がついているから、大丈夫よ。それに期待されているってことでしょ」と言うとニコッと笑みを浮かべて見せる。

僕は、葵のおおらかな心と笑顔に救われている。


本省には、絨毯部屋と呼ばれる幹部フロアがある。

大臣室、政務次官室、事務次官室、そして官房長室の四大幹部の執務室、応接室、秘書室が並んで設置されているフロアだ。

そのフロアは、一般の事務室のフロアとは異なり、エレベータホールと絨毯部屋の並ぶ廊下との出入口にガラス扉で仕切られており、警備員が立哨し入室のチェックをしている。そして、ガラス扉を開けるとそこの廊下は深紅の絨毯が敷き詰められている。

絨毯部屋の配置は、その中央のガラス扉を入って右手に進むと大臣秘書室、その奥に大臣室がある。廊下をさらに進んだ右側最端には政務次官室がある。左に進むと事務次官秘書室、事務次官室、さらに廊下を進むと官房長秘書室、官房長室がある。この官房長秘書室が僕の執務室になる。

絨毯廊下の端にもガラス扉があるが施錠されていて出入りできないようにされている。

その扉の奥には大臣官房人事課がある。つまり、官房長室の隣室は大臣官房人事課長室でありその奥に人事課の事務室があることになる。大臣官房人事課は、社会保障省の人事に関する業務を行うほか、絨毯部屋の庶務雑多業務も担っている。絨毯部屋に配置されている秘書は、大臣官房人事課に所属している。


一九九六年七月一日。僕は、『大臣官房人事課官房長秘書を命ずる』と書かれた辞令が交付され、今まで足を踏み入れたことない絨毯部屋に勤務することになった。そこは、従前に僕が仕事をしてきた事務室とは比べ物にならないほどの豪華な内装が施されていた。

絨毯部屋に勤務することで自分が偉くなったような勘違いをしないように常に心に刻んでおかなければならない。

僕は、着任すると早速、官房長の就任挨拶回りの案内を行うことから仕事が始まった。

首相官邸、国会議事堂内、国会議員会館、民自党本部、中央省庁の幹部などなど、国会議事堂や議員会館には行ったことがあったが、首相官邸に出向いたのは初めてだった。

僕は、カバン持ちというか名刺持ちといった方が正しいかもしれない。国会議員会館は最上階から一部屋ずつ隈なく回る。議員が留守であれば名刺を秘書に渡し、訪問した証を残す。一日中歩き回る。ヘトヘトになって庁舎に戻ると、留守中の案件が溜まっている。

官房長には、省内で起こっているあらゆる情報が集まってくる。それは、大臣官房の事案のみならず省内全部局の重要事案だ。

会議への出席要請、りん議決裁、情報提供ペーパー、幹部から直接官房長に話をしてもらわなければならないこと、内容や事情は様々だ。

しかし、多忙の官房長にも当然のことながら一日の時間は限られている。そこで、僕の出番となる。様々な事案にプライオリティを付けるのだ。そしてスケジュール管理を行う。

官房長のスケジュール表は概ね三十分単位で整理する。それが一日びっしり埋まることがほぼ毎日続く。

秘書の仕事は、電話応対にも神経を使う。入電する相手が国会議員であることが多いのである。僕は暇を見つけては、国会議員要覧をながめ、国会議員の顔写真や現在の地位や議員会館の部屋番号などを頭の中に叩き入れていた。

一九九六年九月上旬、官房長が残業をしていたので、女性の秘書を先に帰し、一人で官房長室の門番をしていると、一人の男性が訪れてきた。

その男の背丈はさほど高くないが、恰幅が良く、スキンヘッドに金縁の眼鏡。眼鏡の奥にはギョロッとした大きな眼球が飛び出さんばかりにギラついている。

僕は、一瞬、片桐和美かと見間違えたが、よく見ると人相は異なる。しかし、その風貌は片桐と同業の人かと思った。

「官房長いる?」と僕の席の脇にある扉を指さして言う。

「オソレイリマスガ、ドチラサマデゴザイマショウ」とたどたどしく僕が尋ねると、「アッ、知らないよね。大泉洋一郎のところの豪徳寺」と言われ、どこの何者か理解した。

これが大泉洋一郎衆議院議員秘書の豪徳寺《ごうとくじ》大《まさる》氏との初対面である。

確かに上着の襟には、桜の紋様のバッジを付けていることが確認できた。国会議員要覧を毎日眺めていても、さすがに秘書までは覚えられない。

「存じ上げませんで、失礼いたしました」と詫び「少々お待ちください」と伝え、僕は官房室に入り、

「大泉先生の豪徳寺秘書がお見えになっております」と伝えると、「こりゃ大変だ」

と官房長はあわてて立ち上がり入り口へ駆け寄る。

官房長はドアを開け、豪徳寺さんの顔を見るなり二人はニコニコしながら、官房長室に入って行った。二人の様子があまりにも和やかだったので、僕は、「冷たいものをお持ちいたします」と言って官房長室を出る。

冷蔵庫から瓶ビールを一本取り出し、グラスを二つ盆に並べ、再び官房長室に入ると、豪徳寺さんは椅子から身を乗り出すように官房長に話しかけている。僕は、少し躊躇ったが、「失礼します」と声をあげ入室し、テーブルにグラスを置いて、グラスにビールを注ごうとすると、「いかん、いかん」と官房長が言う。

豪徳寺さんはアルコールが苦手なようであることを悟った僕は、慌てて「すぐ、お茶を持ってまいります」と言ってビールを下げようとすると、「これは、僕が飲む」と官房長がフォローしてくれた。

自席に戻って、なぜ官房長は大泉議員の秘書と面識があるのか考えた。大泉議員は、以前に社会保障大臣を歴任していたことを思い出した。

豪徳寺秘書は、大泉洋一郎議員の政策筆頭秘書であり、永田町や霞が関では剛腕秘書として名を馳せていた。

さて、その秘書がこの時期に何の用事があるのか気にはなったが、僕が知る必要はないと思い詮索するのをやめることにした。

しばらくすると、一際声が大きくなり笑い声も聞こえてくる。声が扉に近づいてきて、ドアが開くと、官房長は帰り支度をしている。僕は、慌てて翌日のスケジュールを渡す。

「君も帰るだろう」と豪徳寺さんが僕に問う。

「西郷君は、あまりお酒強くないよ」と官房長がいうと、

「じゃ、私と一緒じゃないか。ねぇ、官房長、この人も連れて行っていいですよね」

僕は、官房長室のドアの施錠をすると急いで二人の後を追いかけた。

西玄関前の駐車場には、真っ白な高級外国車が停まっていた。まさかと思ったが、豪徳寺さんはその車に近づくと、運転席に座った。

その車は、銀座へ向かった。

豪徳寺さんは、銀座六丁目のネオンが煌びやかなビルの前に車を横付けすると、路上に立っていた黒スーツに蝶ネクタイのお兄さんに車のキーを渡し、官房長をビルのエレベーターへ案内する。僕もその後ろにくっついて歩く。

エレベーターのドアが開くとそこは外の雑踏とは打って変わって、少し薄暗く森閑とした廊下には、僕の汚れた靴をすっぽり覆い隠してしまうほどの毛足の長いフカフカの絨毯が敷き詰められていた。

これが銀座のクラブというところかと物珍しそうに、おどおどした態度でキョロ

キョロ辺りを見回しながら、豪徳寺さんと官房長にくっついてクラブの中に入る。

そこは、ゴージャスな装飾が施され、煌びやかな照明は金色に輝いて見えた。店内にはグランドピアノがあり、美しく薄い衣をまとった天女みたいな女性が静かに上品な曲を演奏している。

「あらー、豪さん。いらっしゃい」と明らかにここのマダムとわかる和装の女性が出迎えてくれる。

「ママ、挨拶はいいから、お客さんを案内して」と豪徳寺さんが官房長を先に案内するように促すと、遠慮がちに二、三歩下がって様子を見ていた僕を手招きする。

おそらく、店内で一番静かに話ができそうな席に案内された。

マダムも豪徳寺さんのアイコンタクトでどういった客なのか即座に判断できるようだった。

マダムが豪徳寺さんに耳打ちすると、何も言わずに頷く。

僕は、コーナー椅子の隅っこにお尻を半分だけ乗せるようにして、膝小僧をぴったりとくっつけ、背もたれに背中をくっつけることなく、直角の姿勢をとって座っている。

お酒を飲んでリラックスする店なのだろうが、僕はそういう訳にはいかない。このような高級な店に来たことがないこともあるが、一緒に来ているメンバーが小心者の僕の緊張感をより一層高めた。

しばらくすると、豪徳寺さんの横にマダムが座り、テーブルには、僕が見たこともないウィスキーのボトルにグラスが六つ用意された。

そこにドレスを纏った銀座の夜の蝶が二羽舞い降りてきて、一羽は豪徳寺さんと官房長の間に座る。もう一羽は、官房長と僕の間に座ろうとする。

僕は、僕の横に座ろうとする蝶の顔を見て、開いた口が塞がらなくなった。僕は思わず立ち上がった。

「満月」と大きな声を出してしまった。

「あれぇ、知り合い」と豪徳寺さんが僕と満月の顔色を交互に窺う。

「豪さん。こちらは、どちらのお偉いさん？」と満月は知らないふりをする。

「なんだ、知らないの。また、西郷君も隅におけないなと思ったけど、知らないの…」

「あっ、申し訳ありません。大きな声を出して」と僕は詫びを入れたが、満月に間違いない。

それから、一時間ほど、豪徳寺さんと官房長は、何やら難しい話を交えながら、時には女性にも話を振るなど、その話し上手な豪徳寺さんのテクニックを感心して見ていたが、気になるのは、隣にいる満月だ。その間、ほとんど僕のことは無視し続けた。

僕も十年以上の時を経て再会したところで、昔話に花を咲かせる場面ではない。それも、十年前には逃げるようにして僕の前から去って行ったのは彼女の方なのだ。

僕には、豪徳寺さんと官房長の話は、ほとんど頭の中に入ってこなかった。

隣に座ってはいるが体をひねって僕に背中しか見せない満月を意識しながら、頭の中では、場末のキャバレーで身を削って生きながらえてきた彼女が、この十年で銀座のクラブにたどり着いた経緯を勝手に想像していた。

「まどかちゃん」と豪徳寺さんは満月のことをそう呼んだ。

「あのね、この子はね、茶の湯大学を優秀な成績で卒業したそうですよ。だからね、接遇のプロですよ。政治や経済の話にも詳しいし。役所で採用してくださいな」

「あら、お役人様なんですか」と白々しく満月が言う。

「豪徳寺さんがお気に召したならば、大泉事務所で採用したらいいのではないですか」と官房長が返す。

「あら、光栄ですこと」と満月が言う。

「なんだかなぁ」と僕は小さく呟く。

そのクラブに一時間半くらいいただろうか、帰ることになり出口にマダムと二羽の蝶が見送りに来る。

豪徳寺さんはマダムと立ち話でひそひそ話をしている。

僕は官房長と廊下に出ようとすると、後ろから腕をつかまれた。満月が僕の手のひらにメモを差し込む。僕は、何事もなかったように官房長とともに店を出た。官房長は、地下鉄で帰るからと言って、銀座四丁目方面へ歩いて行った。

遅れて出てきた豪徳寺さんが、「官房長は？」と僕に尋ねると、

「地下鉄で帰るといって、先に行きました」と答える。

「官房長と寿司食いに行こうと思っていたのだけど…まぁ、いいか。君、寿司食うか」と官房長の穴埋めのように誘われた。

僕は、断る理由もなく、二つ返事で、「はい。行きます」

豪徳寺さんに案内されるがまま、銀座六丁目にあるビルの一階に掛かっている暖簾をくぐると思いきや、寿司屋の横にある通路の奥にあるエレベーターに乗り込み三階で降り、スナックの入り口のような扉を開けると、そこには人の気配はなく豪華な革張りの応接セットが『お前が来るとこじゃないよ』と言わんばかりに僕を威圧した。いわゆるＶＩＰルームなのだろう。

「まぁ、座んなさいよ」と奥のソファに豪徳寺さんが腰掛けながら僕に話しかける。

「あのぉ、ここは寿司屋さんではないですよね」と僕は豪華な造りの室内を見回しながら聞いた。

「寿司屋だよ。そのうち寿司盛りが出てくるから、ちょっと待って」と言うと豪徳寺秘書は携帯電話を取り出す。

「はい……」と緊張して小さく丸くなってソファの端にちょこんと座っている僕の斜向かいで、豪徳寺秘書はソファの背もたれに仰け反って、携帯電話で話をしている。

十分くらいすると、明らかに板前さんとわかる姿のお兄さんが寿司の盛られた大きな桶を運んできた。

「官房長は、いい人でしょう。俺、好きなんだよな、あの人。物怖じしないし常に冷静で的確な判断をする。誰に媚びることもなく、野心も見せず、自分の信念を貫く姿勢は役人の鑑だよ。霞が関の役人をたくさん見てきているけど。官房長のようなタイプはなかなかお目に掛かれないよ。知っているか。学生時代に司法試験にも合格しているのだよ。君もいい人に仕えたたね」

「はい」僕は、官房長がどういう方なのか正直まだよく分かっていなかったが、ただ頷いてしまっていた。

「ところで、さっきの店の『まどかちゃん』知り合いなの」

「高校の時の同級生によく似ていたものですから、多分人違いだと思います」

「で、本当のところは？」と豪徳寺さんの人の心まで見透かす鋭い眼光は、僕の偽りの眼差しから入り込むと毛の生えていない小さめな表面がツルッとした僕の心臓にズーンと低い音を立てて突き刺さると、鼓動は急に激しくなり血液が全身を激しく駆けずり回った。

僕の浅はかな嘘などこの人には全く通用しないようだ。

僕は、頭皮からじんわりと湧き出す脂汗が額を伝わり眉毛からポトポトと滴り落ちたことに気付き、ポケットから皺くちゃのハンカチーフを取り出すと顔を拭った。

「彼女のこと知っているのだろ。別に悪いことをしようとしているのではないから、安心しなさいよ。知っていること教えてくれればそれでいいよ」と豪徳寺さんの眼光は鉱物も貫くレーザービームから白熱球の柔らかく暖かく包み込むような照射に変化した。

「あのう、彼女は先ほどとぼけていましたが、僕の同級生に間違いありません」

「それで、どこまで……」

「あっ、その、どこまでって……。やっていませんよ。僕は。そんな関係じゃありませんから」

僕の顔面は紅潮し、無数の毛穴から噴き出す汗が顔面を流れると締まりの悪い蛇口から零れる水滴のように顎の先端からポタポタと滴り落ち、ズボンの股間部分にチビッたようなシミを作った。

「まぁ、落ち着きなさいよ。そういうことじゃなくて、彼女の生い立ちなど、どこまで知っているのかって聞いているの。分かる？」

僕は、体中から噴き出した水分を補いたくなり、テーブルの湯飲みを摑み上げ人肌ほどにぬるくなった茶を一気に飲み干すと、堰を切ったように知り得る限りの満月の生い立ちを話してしまった。無論、僕と付き合っていたことと流産したことには触れなかった。

豪徳寺さんは、戦国武将宇佐美定満の末裔であるところに興味を惹かれたようだった。

「俺はね、彼女に興味があるのだよ。容姿は言うまでもないが、頭もスマートだ。本心がよく読めないところがあるが、内に秘めている野望をひしひしと感じるのだよ。誤解しないでくれよ。色恋の対象としてどうこうしようと思っているわけでない。まぁ、いい女ではあるけどね。俺は、官房長みたいな賢人も好きだけど、どろどろした俗な人間にも興味がある。野心も向かう方向を導いてやれば何か役に立つかもしれないということだよ。人間社会は面白いよ」

豪徳寺という人は、日本の政治や経済を自らの力で動かすことができる、もしかすると世界に影響を与えるかもしれないほどの行動力を持っている途轍もなくデカイ人間なのだろう。

僕には豪徳寺さんの言う人間社会の面白さは、映画やドラマの世界でしか感じ取ることができないものであって、身近に起こる現実的なものとしてはよく理解することができなかった。

僕は、行政のほんの一部を動かす最も小さな歯車の一つでしかないし、それに徹することが僕の使命なのだから、あらゆる組織の中で起こっている様々な人間社会のうち、自分の身近に起こっている人間関係に面白さなど思ったことなどなかった。

豪徳寺さんの生きている世界と僕の生きている世界との大きな隔たりを感じた。

「ところで、本当はやったでしょ」と豪徳寺さんにもう一突きされた。

僕は、口の中いっぱいに頬張っていた寿司のシャリを口先からクラッカーが破裂するように噴き出してしまった。

「俺、議員会館に戻らなきゃならないから、先に行くけどゆっくり食べていっていいから。ありがとうね」と言って豪徳寺さんは店を後にした。

帰りの電車の中で満月に渡されたメモをポケットから出して見た。

『スナック直江　03-××××-××××』と書かれてあった。

「直江というと洋子か」と呟く。


翌日、書かれていた電話番号にダイヤルしてみた。

「はい、直江です」と聞き覚えのある声がした。

「洋子か」と僕が問いかけた。

「もん太…」と洋子は僕の声がすぐわかったようだった。

「昨日の夜、満月から聞いたわよ。電話かけてくるのが早いわね」

「洋子の店なのか」

「そうよ」

「どこにあるの」

「新橋」

「これから行くよ。どの辺」と住所を聞くと僕は洋子の店へ急いだ。

新橋駅の周りは居酒屋やスナックが無数にある。サラリーマンの憩いの場所だ。

僕も霞が関に勤務して十年になるが、銀座のクラブには行けないが、新橋には職場仲間とちょこちょこ出没していた。しかし、洋子が店を持っていたとは努々《ゆめゆめ》思わなかった。

雑居ビルの二階に洋子の店はあった。店のドアを開けると、カウンターとボックス席が一つしかない十人でいっぱいになるような小さな店だった。カウンターの奥に洋子が何やら料理を作っている様子だった。入ってきた僕に気付くと、

「よう、もん太。久しぶりだね」

「久しぶりじゃねぇーだろ。挨拶もなしに退院してそれっきりかよ」

「ごめん。ごめん。満月がさ、合わす顔がないって言うもんだからね」

「もういいけどさ。へぇー、店持ったんだ。大したもんだね」

「なんとか食べていけるけどね。それより、もん太。あんた、偉くなったんだってね。満月から聞いたわよ。銀座のクラブに出入りできるようになったんだ」と皮肉る洋子。

「訳あってね、たまたま付き合いで行っただけだよ。それより、満月とは、まだ、一緒に暮らしているのかよ」

「そんなわけないわよ。もう十年も経っているのよ。お互いいろいろあってさ、私は、スナックのママで、満月は銀座の高級クラブの売れっ子ホステスってわけ。満月は、そのうちパトロンさんに店を任されるかもしれないわよ。政財界のお偉いさんに気に入られているみたいだから」

「夜の世界からは抜け出せなかったってことか。満月は、この店に顔出すのか？」

「ほぼ毎日ね。銀座が終わったらここに寄って管を巻いたりしてね。そろそろ来るんじゃないかな」

日付が変わって一時間ほど経過したころ、スナックのドアが開いた。

「やっぱり来ていたのね」と満月の声がした。

「あんなメモ渡されたら来るだろう」

「もんちゃん、ごめんね。わたし、もんちゃんのこと支えたいなんて生意気なこと言っておきながら、逆に迷惑をかけた上に、十年間もお詫びもしなくて……」満月は言葉を詰まらせると俯いた頭を支える両肩は小刻みに震えていた。

「分かった。もういいよ。お互い昔のことに触れるのはよそうよ」

洋子は、店のドアに掛かっている札をひっくり返してクローズと表示し看板の灯を落とした。

「洋子、店は繁盛しているのか」と話題を変えた。

「なんとか食べているって言ったじゃない。繁盛しているように見えますか」

「そうか。オラの職場の連中連れてきていいかな」

「金払いがいい人にしてね」

満月の様子が落ち着いたころを見計らって声をかけた。

「満月、豪徳寺秘書がお前のことをずいぶん気にかけていたけど、何かあるのか」

「お店は、社交場でしょ。東京の銀座よ。政界、財界、任侠界まで日本を動かしている様々な人間が集まるのよ。こんなチャンスを逃してなるものですか。何を摑むか成り行き次第ってとこかしら」と言ってのける満月の瞳孔はこの世の全てを飲み込むブラックホールと化していた。

この十年間という歳月は、満月にとってどん底から這い上がる逞しさを与えるのに十分な時間だったようだ。

一九九六年九月二十七日。橋木内閣総理大臣は衆議院を解散した。

一九九六年十月二十日、衆議院総選挙の投票日を迎え、民自党は議員数を増やしたが単独過半数には届かず、社人党と新党とどろきとの閣外協力を約束し、同年十一月七日に第二次橋木内閣が発足することになった。テレビでは誰が入閣するか生中継で放送されていた。社会保障大臣が誰になるのか、最後の最後まで決まらなかった。

そして、大泉議員が社会保障大臣に就任した。

大臣の秘書は複数人存在する。まずは、政策秘書官である。政策秘書官は、大臣が国会議員である場合は、筆頭議員秘書が就任にすることが慣例となっている。そして豪徳寺氏が政策秘書官に就任した。もう一人の秘書官はキャリア官僚から任命される。その他に庶務雑多を任されるノンキャリ事務官の秘書が数人仕える。

豪徳寺秘書官は、政務秘書として一人の女性を従えた。

その女性秘書が官房長室に挨拶に来た。

「大臣秘書の宇佐美満月と申します。よろしくお願いします」

「えぇー」と僕は声を上げそうになったが、グッと堪えて、

「西郷文太です。よろしくお願いします」とお辞儀をして、顔を持ち上げると、満月は右目の瞼をカメラのシャッターを切るかのようにパシャッと閉じた。

事件

　一九九六年十一月十八日月曜日午前五時半、僕は自宅の床に就いていた。けたたましく我が家の固定電話が鳴った。僕が電話に出ると、相手は大臣官房総務課の国会対策班長だった。

「西郷さん、毎朝新聞の一面見たか」と問いかけられた。

「見てないですけど…」

「じゃ、テレビつけて、テレビのニュース」と言われテレビをつけると、各社新聞一面記事といった報道で、『社会保障省事務次官に収賄の容疑』といったことが報道されていた。

「西郷さん。すぐ官房長の指示を仰いでくれ」と国会対策班長に依頼される。

　僕は、この報道の内容をよく理解しないまま官房長へ電話した。

「早朝に、申し訳ございません。西郷です。事務次官に関する報道はご存じでしょうか」

「うん、分かっている」と官房長は答えた。

「総務課からただいま連絡がありまして、緊急会議を召集するなどのご指示はございますか」

「何もしなくてよい。普通にしていろ」と落ち着き払った声で官房長が答えると、プツンと電話を切った。僕は、折り返し国会対策班長へ電話して、何もするなという指示を伝えた。

僕は、すぐさま、着替えをし、葵に「今日は多分遅くなる」と伝え自宅を飛び出した。

午前八時頃、僕は庁舎に到着した。もうすでに玄関ホールは、報道陣で埋め尽くされていた。

僕は、官房長室へ向かった。絨毯部屋の廊下も記者たちが埋め尽くしていた。その人混みをかき分けるようにして、官房長秘書室にたどり着くと、女性秘書がすでに出勤していて、官房長室の掃除も済ませ、自席に着席していた。彼女の落ち着いた姿に感心した。

彼女は僕に聞く。

「官房長は、この騒ぎをご存じなのですか」

「今朝六時に電話して、指示を仰いだが、何もせず普通にしていろと言われたんだよ」

「そうですか、人事課や総務課は大騒ぎしているみたいですよ。官房長の出勤を待ちかねていますよ。何回も電話がありましたから」

「とりあえず、官房長を待つしかないかな。僕も何をすればよいか分からないよ」と言ったものの僕の焦燥感は膨らむばかりだった。

するとと、事務次官秘書がやってきて、

「西郷君、事務次官が公用車で登庁するから、ちょっと手伝ってくれ」

「車寄せは、報道陣の山ですよ」と僕が言うと、

「分かっているよ。だから手伝ってくれよ」

僕たちは、西玄関の車寄せで事務次官車が到着するのを待った。

絨毯部屋に勤務する秘書は、省内に常駐している記者クラブの人たちには顔を覚えられている。僕たちを見つけた記者たちは一斉にテレビカメラを従えて集まってくる。それを見た巡視やガードマンは報道陣を抑制しようと集まってくる。

事務次官車が北門から西玄関に向けて車を進めるのが確認された。テレビカメラの照明が一斉に点灯する。朝は日当たりが悪く薄暗い西玄関が直射日光を浴びたように明るくなる。

僕は、ガードマンの一人に、エレベーターを一機独占するように指示した。

事務次官車は、西玄関に静かに停車する。

事務次官車の後部座席のドアを開けると、シャッターフラッシュの嵐が眩しくて目を開けているのが困難な凄まじさだった。

次官秘書が事務次官の肩を抱えるようにガードし、僕は記者を押しのけるように進路を確保する。巡視やガードマンも記者を制する。

「事務次官、新聞報道は真実ですか」とか「釈明はされないのですか」とか「何かコメントをください」など記者の大きな声が玄関ホールに響き渡る。

しかし、事務次官は口を真一文字に塞いだまま、厳しい表情で、揉みくちゃになりながらエレベーターホールに向かう。

エレベーターを確保してくれていたガードマンに敬礼され、事務次官はエレベーターに乗り上昇していった。

僕は、官房長のことが気になり、玄関のカウンターにある内線電話で官房長秘書室に電話を入れる。

「官房長からは、何か連絡あったか」

「運転手から連絡があって、官房長は公用車を帰し、地下鉄で登庁するとのことですよ」さすがは、官房長だ、このような状況になることを推測しての行動に違いない。

「ありがとう」と言って受話器を置くと、僕の横には新聞記者と思われる者がメモ帳にペンをあてながら、僕の会話内容を聞き取っていたかのようだった。

　すると、少し遠方から様子を見ていた満月が僕の方に寄ってくる。近くまで来ると。一階フロアの業務用出入り口の方を指さし、手招きする。

「あなたは、面が割れているんだから、ウロウロしていちゃダメよ。あちらこちらで耳をそばだてているんだから、見ていて危なっかしくてしょうがないわ」

「ごめん。ボク、テンパっちゃってさ」

「あなたは、自室に戻ってドンと構えていなさい。豪徳寺さんみたいに。官房長を守るのはあなたの仕事なのだから」

「分かった。戻るよ」

「その前に一つ教えて」と満月が周りに聞いている人がいないかキョロキョロしながら声をさらに潜めて僕に問いかける。

「ほだ、マスコミの人たちは、玄関に陣取っているでしょう。次のターゲット分かる？　大臣よ」

「そういうことか」と僕は納得する。

「囲み取材を避けたいんだけど、私はまだこの建物のことをよく知らないのよ、マスコミを欺く方法ないかしら」

「そういうことなら、この建物を知り尽くした巡視に聞くのが一番いいね。ちょっと、待ってて」と僕は、先ほどの事務次官登庁騒ぎの時に、総括巡視長の姿を見たので、急いで探そうとすると、総括巡視長の方が僕に気付いたようで近づいてきた。

「西郷さん、まだ。うろついているんですか。あなたは目立ちますから、後は私たちに任せてください」と満月がさっき言ったことと同じことを言う。

僕は、総括巡視長をはじめ巡視室の職員とは面識があった。

この建物の管理や警備業務は大臣官房会計課の管轄なのだ。

「総括巡視長、相談があるんですけど」と言うと総括巡視長は僕と満月を巡視室へ案内した。

巡視室の小さな会議用テーブルに腰掛けると、満月が「大臣は、十時に西玄関に到着予定です」

「それは知っています」と総括巡視長が答える。

「できることであれば、囲み取材を避けて大臣室に入室したいのですが、良い方法はありませんか」

「それならば、隣の別館からのルートを使えばマスコミも気づきませんでしょう」と総括巡視長の提案で瞬時にして解決してしまった。

満月は、巡視室の内線電話で登庁ルート変更のことを豪徳寺秘書官に伝える。そのことはすぐさま大臣秘書室からSPに連絡する。

「別館の入り口には私どもが待機しておきます」と総括巡視長が機転を利かせてくれ

た。

社会保障省の入館している庁舎の隣には以前家庭裁判所が入っていた建物があり、自由に行き来できるように渡り廊下が整備されているのだ。

大臣には、普段より多めに歩いてもらうことになるが、この期に及んでは、マスコミの囲み取材を避けることが優先されたのだ。

僕は、官房長秘書室へ戻ろうとエレベーターホールから絨毯部屋の廊下に入ると廊下に屯していた記者が一人もいなくなっていることに驚いた。

公務に支障を及ぼさぬよう一時的に記者を絨毯部屋からシャットアウトし、ガラス越しに幹部の動きを見ることができないよう、絨毯部屋に入るガラス扉にはカーテンのような布で目隠しが施されていた。

これは、豪徳寺秘書官の指示による危機管理なのだった。

官房長秘書室に戻ると官房長はすでに登庁していた。

後で聞いた話だが、豪徳寺秘書官は、新聞社から毎朝新聞がすっぱ抜くとの情報を入手し、週末に官房長と会って話をしていたようである。

官房長室には、人事課長と総務課長が入室し、そこに豪徳寺秘書官も現れた。入っていいかどうかも聞かず、官房長室のドアを開けて入って行った、僕は、豪徳寺秘書官の迫力に圧倒されて、是非に及ばずである。

午前十時、大臣車は別館の玄関に到着する。

マスコミ陣は何も知らず本館の車寄せに集まっている。

別館の入り口に大臣秘書と満月と総括巡視長が待機していて、大臣がSPを従えて車を降りると、別館の廊下から本館へと繋がる渡り廊下を通過し庁舎の南側の二階の端に出る。そこには貨物搬入用のエレベーターがあり、そのエレベーターは、搬入業者や地下倉庫へ行く職員しか使わないもので、お世辞にもきれいとは言えないが、大臣は何も言わず総括巡視長の案内に応じてくれたようだ。

僕は、大臣が登庁したことを官房長に報告すると、官房長室から豪徳寺秘書官と官房長が勢いよく飛び出し大臣室へと向かった。

しばらくして、官房長は大臣室から戻ってきた。

「君たちには、ちょっと迷惑をかけることになるが、辛抱してくれ」と僕たちに声をかけると部屋に入って行った。

官房長室には、人事課長、総務課長、人事管理官など関係者が入れ代わり立ち代わり行き来する。僕は、この事件に関することを最優先に交通整理しなければならなかった。

絨毯部屋の入り口ガラスドアの外は、報道陣でいっぱいだった。

記者たちは、事務次官が姿を現すことを待ち受けている。

しかし、事務次官は朝九時に登庁してから一向に動く気配がない。ガラスドアの外では苛立つ報道陣でごったがえしているが、ガラスドアの内側では静閑な状況が午後十一時半まで続いた。

午後十一時四十五分、事務次官秘書が僕のところにやってきて、「次官が登庁するから、官房長に伝えておいてくれ」と言って慌ただしく出て行った。僕は、そこで初めて当人が事務次官室にいなかったことを知らされた。

日付が変わった十一月十九日午前零時過ぎに事務次官は、地下駐車場から貨物搬送用エレベーターで絨毯部屋のフロアまで上がって事務次官に入った。もちろんマスコミ各社は絨毯部屋の中央入り口のガラスドアの前で待ち構えている。事務次官が登庁したことにも気づいていない。

施錠されていた絨毯廊下の端の扉を内側から一時的に開錠し、事務次官が入ってくると、官房長とともに大臣室へ向かった。

午前零時三十分から大臣が異例の深夜記者会見を行うことになった。

大臣秘書から総務課広報室に連絡が行くと、エレベーターホールに張り付いていた記者たちはあっという間に掃けてしまった。

その隙に、事務次官は庁舎を去って行った。

事務次官は、朝登庁して間もなく、記者が玄関フロアに屯しているのを尻目に、庁舎外へ出て都内某所で辞表を認《したた》めていたのだ。

事務次官が現職で逮捕されることを避け、省内外の混乱をできるだけ速やかに収めようとする策を講じたのは豪徳寺秘書官に違いない。

省内の記者会見室で記者会見が始まった。

僕は、テレビの生中継を見ていた。

「先ほど、事務次官より辞職願が私に直接手渡されました。私は、政治的な判断でこれを受理し、事務次官の辞職を認めることを決定しました」と大臣は発表した。

記者会見場はざわついた。なぜならば、絨毯部屋の入り口に張り付いていた記者は誰一人として事務次官を目撃していないからだ。

記者から「大臣は、本当に事務次官にお会いになったのですか」との質問が飛ぶ。

「はい、本人に会って、辞表を直接受け取りました」と大臣は答える。

「では、報道されている収賄について事務次官は認めたということですか」との記者の質問に対しては、

「このような騒ぎを起こしてしまったことについての引責辞任ということです。私は、あくまでも政治的な判断を下したということです」

報道陣は納得しないまま記者会見は打ち切られた。

会見が終了すると、官房長が記者会見場から戻ってきた。

「これから会議をするから、君は帰っていいよ」と官房長が言うが、「そういう訳には参りません。お役に立てることがあるはずです」と僕が言うと、「それもそうだよな」と一瞬笑みを浮かべたが、次の瞬間、沈痛な面持ちで自室の扉を開けた。

官房長は、省内調査チームを立ち上げた。

それから、夜を徹して事件の解明調査を進めることとなった。

官房長と僕は自宅に帰れない日々が続いた。

調査の進捗状況を探りに昼夜関係なくマスコミ各社の記者は、官房長室付近の絨毯部屋内の廊下に張り付く。警備が強化されたのは事件発覚当日限りで、その後は絨毯部屋への立ち入り規制も解除された。

ガラスドアの前に張り付いている警備員も夜九時になると勤務が解かれたので、その後の官房長を警護するのは僕の役目になっていた。

官房長は、調査チームのリーダーであったが、広報の最高責任者でもあった。故にマスコミ各社は夜な夜な集まってくるのである。

記者によっては、官房長あてに電話をかけてくる者もいる。

官房長は、マスコミの電話には出ないことが分かっていたので、それを丁重に断るのが僕の仕事だった。

　事件発覚から一週間ほど経過した深夜、絨毯部屋は、大臣室と官房長室だけ明かりが漏れている。官房長室で行われている調査チームの作業は少しずつ進展している様子で、報道記者はこれまで以上に苛立ちを見せていた。

　消灯した暗い廊下には記者が二十人ほど張り付いていた。官房長室の前に集まる記者たちは次第に声を荒げるようになってきた。

「官房長、今の状況を聞かせてくださいよ」とドアが閉まっている部屋の中まで通るような大声で記者は叫ぶ。一人が叫ぶと連鎖で二人、三人と大きな声を上げる。

　僕は、秘書室に一人だったので不安が増してくる。もう僕一人では、抑えきれない状況だ。

　午前一時に近づくと記者の苛立ちはピークに達する。

　朝刊の記事の締め切りが午前一時なのだ。

　記者の中には、官房長室のドアを強行突破しようとする記者も出てくる。僕は、官房室のドアの前に仁王立ちでそれを阻止する。

　そこに、満月が現れた。

「みなさん、今日は、いくら粘っても官房長は出てきませんし、出てきたところで何もお話しすることはないと思いますよ。それより、大臣秘書官の豪徳寺がまだおりますので、こちらの情報はいかがですか」と言って、報道陣を大臣秘書室に連れて行ってしまった。

　大臣秘書室で、記者に飲み物を提供し、何を話したかは不明であるが、豪徳寺秘書官と懇談をした記者たちは、午前一時になると見事に掃けていなくなった。絨毯部屋の廊下は静けさを取り戻す。

　午前一時半ごろ、満月は官房長秘書室に顔を出した。

「さっきは、ありがとう。助かったよ」

「豪徳寺さんが機転を利かしたのよ」

「豪徳寺秘書官は、すごいよな」

「豪徳寺さんは、いろんな修羅場を潜り抜けている方だし、記者とのお付き合いも手慣れたものよ。私は、そのお手伝いをしているだけ。夜遅くなるのは、私は平気だし、少しでも、もんちゃんの力になれて嬉しいわ」

「夜の蝶『まどか』は、やめたのか」

「やめたというより、休業中ってところかしら。生活に困っているわけじゃないし、政界にパイプを作るいい機会をいただいたと思って、豪徳寺さんには感謝よ」

「で、何を企んでいるんだよ。満月は」

「さぁ、先に何があるかなんて分からないわ。夜の蝶に戻るか、洋子のスナックのお手伝いをするか、まぁ、どうなるのかしらね」

官房長をリーダーとする調査チームの作業は数週間にわたり夜通し続いていた。

毎日現れる記者は、僕からも情報を探ろうとするが、実際のところ、僕には官房長室でどのような話が行われているかなど皆目見当もつかない。

記者は張っている間の暇つぶしに僕を相手に雑談をするようになる。

「しかし、今年の十大ニュースに社会保障省の事件がいくつ入ることになのかな」と一人の記者が言うと別の記者が、「薬害エイズ事件だろ、０１５７事件だろ、薬害エイズ事件での初の中央省庁ガサ入れだろ、事務次官事件、四つは入るな」と語っていた。

毎晩午前一時を過ぎると記者たちは散って行った。

それを見計らって、官房長が「そろそろ帰るか」と顔を出す。二、三日に一回は帰れるようになる。帰るといっても、官房長は自宅には帰っていなかった。官房長の自宅前にも記者が張り込でいるからである。

僕は、官房長をタクシーで都内某所の宿泊施設に送った後、そのタクシーを新橋方面に走らせ、洋子の店に顔を出す日々が続いた。

洋子の店は、満月が行きつけていることもあって秘書室に勤務する職員の情報交換の場と化していた。

官房長は調査の途中経過の記者会見を行うと、記者の行動にも過激さが失せてきた。

国会では、社会保障委員会が臨時開催され、官房長も政府委員として出席を求められ、質疑に答えるなど官房長は多忙を極めた。

一九九六年十二月四日。前事務次官は収賄容疑で警視庁に身柄を拘束された。同日、午前九時、警察庁長官官房長より電話が入った。本省庁舎に家宅捜索が入る旨の連絡だ。

家宅捜索の対象は絨毯部屋にも及んだ。事務次官室と官房長室が対象となった。金銭授受のあったとされる当時は官房長だったからだ。

官房長室の家宅捜索が行われている間、官房長は大臣秘書室で豪徳寺秘書官と時間を潰していた。

僕は、刑事数人に立ち会い、その作業の様子を興味深く窺っていた。刑事は、ひととおり書棚や机の中を物色した。捜査員の一人が秘書室の書棚からひとつのスケジュール表を見つけた。

「これは、何のスケジュールですか」

僕は、一瞬ドキッとしたが、そのスケジュール表を見ると、『記者懇談会』と書かれていた。

ここ最近は行っていなかったが、月一回定例で官房長主催の記者懇談会を行っていたのだ。そのスケジュール表は押収された。事件には関係ないが、拒む理由もなく「どうぞ」と僕は差し出した。

三十分程度で官房長室と官房長秘書室の家宅捜索は終わった。

僕は、家宅捜索が終わると、大臣秘書室に向かった。

官房長は、大臣応接室で豪徳寺秘書官と何やら深刻な面持ちで話をしていた。

「官房長、捜査は終わりましたので、お部屋に戻られて大丈夫です」

「何か、持って行かれたか」と豪徳寺秘書官に聞かれ、

「記者懇談会のスケジュール表を押収されました」と僕が言うと、「それには、何が書いてある」と豪徳寺秘書官が尋ねる。

「定例の記者懇談会の日付と参加した記者の社名と氏名です」

「そりゃ、いいや」と豪徳寺秘書官と官房長は高笑いをした。

十二月中旬、調査チームは報告書を取りまとめ、官房長はこの事件に関係していた者の処分を発表した。

官房長は、その後もこの事件に関し、国会の委員会での答弁や、国会議員への説明

などに追われ、年末まで多忙な日々が続いた。

一九九七年一月四日は土曜日だったので新年初登庁は一月六日の月曜日だった。この大型連休は人の記憶を喪失させるには都合がよかった。

不思議なことに、昨年の騒ぎはまるで無かったことのように一転して、省内もマスコミも国会も水を打ったように静かになった。

人の噂も七十五日というが、七十五日に相当する年末年始の一週間だったということなのだろうか。

僕は、目が回るほどの年末の慌ただしさが夢でも見ていたかのように思えた。

この事件は、国家公務員全体に影響を及ぼすことになった。

これを契機に、国家公務員倫理規程が策定され、二年後には国家公務員倫理法という法律が制定されるに至った。

僕は国立病院の院長室で服務の宣誓をしたことを思い出した。

『私は、国民全体の奉仕者として、公共の利益のために勤務すべき責務を深く自覚し、日本国憲法を順守し、並びに法令及び上司の職務上の命令に従い、不偏不党かつ公正に職務の遂行に当たることをかたく誓います』

事務官は、必ずこの宣誓をするはずだ。

倫理法なるものを制定しなくても、この宣誓を心に刻んで職務に当たれば間違いは起こらないはずだ。

人間には様々な欲が存在する。その欲は生きて行くための糧になっているのだが、欲を追求することに執着すると己の行動の是非を見失うことになるのかもしれない。強欲はいけない。少欲で慎ましく生きて行かなければならない。

特に国家公務員という国家権力を行使する職に携わっている者であればなおさらそのことを心に留め置いておかなければならない。

大泉洋一郎衆議院議員は、一九九八年七月二十九日まで社会保障大臣を務め、二〇〇一年四月二十六日、第八十七代内閣総理大臣に就任した。

豪徳寺大秘書官は、内閣総理大臣の秘書官を務める。

宇佐美満月は、その後も豪徳寺秘書官のサポートを続け、大泉内閣総理大臣の外遊に同行し、レセプション会場で知り合った実業家に見初められ、今はシンガポールで優雅な暮らしをしている。

そして、僕はというと、大臣官房会計課監査室に会計監査官として勤務している。

室長室の応接セットに腰掛け擦れた声で僕に話しかける。

背丈は低いが恰幅の良く、酒で焼け枯れた濁声の監査室長に手招きをされる。

「おい、もん太。ちょっと」

「もん太。明日から西へ飛んでくれるか」

「室長。またタレコミですか」

「不正経理の疑い濃厚だが、証拠を挙げてきてくれや。期間は三日」

「三日間ですか。キッツいすねー。何かヒントは無いですか」

「これが告発文だ。どうも旅費が怪しいな」

「カラですか」

「うん、多分な。それと業者との癒着だ」

「分かりました。旅費と物件費の現金取引を集中的に監査してきます」

「何か出てくるはずだ。必ず尻尾を掴んできてくれ」

僕は、不正経理の摘発の特別監査のため、日本全国の地方機関を慌ただしく駆けずり回っている。

著者プロフィール
素地 文平（すち ぶんぺい）
1961年生まれ。新潟県出身。
県立高校卒業後、国家公務員として主に霞ヶ関にて勤務。
退職を機に作家活動を始める。

ざいごうもん ノンキャリ事務官物語

2018年 3 月15日 初版第 1 刷発行

著　者 素地 文平
発行者 瓜谷 綱延
発行所 株式会社文芸社
〒160-0022 東京都新宿区新宿1－10－1
電話 03-5369-3060（代表）
03-5369-2299（販売）

印　刷 株式会社文芸社
製本所 株式会社本村

ISBN978-4-286-19064-8 JASRAC 出1714268－701